İHANET VE CEZA

CENK SAY

DOĞU KİTABEVİ

İstanbul 2019

İHANET VE CEZA

TC
Kültür ve Turizm Bakanlığı
Sertifika No: 11392

Genel Yayın Yönetmeni: İbrahim Horuz
Mavi Düş Kitapları Serisi
Yayın Yönetmeni: Can Akkiriş
Yayın Koordinatörü: Hülya Kırımoğlu
Kapak Tasarımı: Cem Say
Kitap Tasarım: Ünal Kar

Baskı ve Cilt
Hünkar Organizasyon Ltd. Şti.
Fatih-İstanbul
Sertifika No: 17815

I. Baskı: Ağustos2019

ISBN: 978-605-2096-81-9

DOĞU KİTABEVİ
Cağaloğlu Yokuşu, Narlıbahçe Sokak,
No: 6/1 Cağaloğluİstanbul
Tel.: 0 212 527 29 26
www.dogukitabevi.com

Yazara Ulaşmak İçin : cenksay@hotmail.com

İHANET VE CEZA

CENK SAY

Cenk Say

Kızım Melis'e...

Bu kitabı yazmamda; kızım Melis Say ve eşim Saniye Say'a başta olmak üzere desteklerinden dolayı aileme ve dostlarıma teşekkür ederim.

Çalışmaları titizlikle yöneten ve editör olarak bana destek olan Can Akkiriş'e teşekkür ederim.

Kapak tasarımı ve fikirleri için abim Cem Say'a, kitabın reklam, tanıtım ve sanat yönetmenliğine destek olan dostum Gökhan Özdemir'e teşekkür ederim.

İnsan vicdanından kaçabilir mi?

Hayır...

Çünkü o hep seninle; damarlarındaki kanında, aynaya baktığında gördüğün yüzde, yediğin yemeğin tadında, kalp atışlarında, aldığın her nefeste, açılan her kapının arkasında, gece başını koyduğun yastıkta...

O hep senin aklında ve oradan hiç çıkmayacak. Senin peşini hiç bırakmayacak ve eninde sonunda istediğini alacak. İyi veya kötü bir insan ol hiç fark etmez. Her şeyden kaçabilirsin, herkesi kandırabilirsin, herkesi inandırabilirsin ama onu asla. O sana yaptıklarının hesabını soracak...

En mükemmel adalet, vicdandır...
Victor Hugo

ALPER

1

Bütün hikâye uzun zaman önce başladı. Alper'in babası Mesut Bey, Bakırköy'de bulunan, çok eski sayılmayan, küçük ve sevimli diyebileceğimiz evine geldiğinde ailesine sevinçli bir haber verdi. Hadımköy'deki bir tekstil fabrikasında çalışan Mesut Bey, o yılbaşında insani değeri yüksek, cüssesi patron cüssesinden kabul edebileceğimiz işvereninden iyi bir zam almıştı. Beş ayda yaptığı bir miktar birikim ile Kumburgaz'da yazlık tutmak üzere verdiği kararı bir kaç hesap yapıp düşündükten sonra ailesi ile paylaştı. Alper ve annesi Jale Hanım önce çok şaşırdı. Yıllardır tatil yapamayan bu aile için yazlık ev haberi oldukça şaşırtıcıydı. Fakat daha sonrasında bu şaşkınlık sevince dönüştü. Okul hayatı boyunca yaz tatillerini yaşadığı mahallede arkadaşları ile pinekleyerek, anne ve babasının baskılarıyla ders çalışmakla geçirmiş olan Alper'e ilk defa yaz tatilini bir yazlıkta geçireceğini düşünmek bir anda mutluluk vermişti. Daha birkaç hafta önce mezun olduğu yüksekokuldan sonra Mesut Bey hemen oğluna baskı yapmaya başlamıştı bile. Okulunu bitirince önünde iki seçeneği olduğunu söylüyordu babası Alper'e. Ya dört yıllık okula geçmek için tekrar sınava girecek ya da hemen askerliğini yapmak için başvuracaktı. Fakat Alper,

"Önce dinlenmek istiyorum, bu yazı sadece yatakta geçirebilirim" diyerek babasını atlatıyor, belki annesi yardım ederse tatile gitme hayalleri bile kuruyordu. Bu yardım, ev hanımı olan Jale Hanımın mutfak harçlıklarından biriktirdiği maddi yardımdan başka bir şey değildi. Babasının verdiği müjde Alper'i hemen havaya soktu, kendisini kumlarda, denizde ve akşamları tabi ki kızlarla partilerde hayal etmeye başladı. Jale Hanım meraklı bir şekilde,

"Hayatım, neden Kumburgaz? Hemen kararını vermişsin ama önce sorup soruştursaydık" diye sordu.

"İş yerinden bir arkadaşım bana bir site önerdi, hem ev kiraları uygun hem de sakinmiş" dedi Mesut Bey.

"Sen bilirsin, madem iyi diyorlar o zaman tutarız."

"Peki, ne zaman gidiyoruz?" diye lafa atıldı Alper. Dakikalar önce gözünde canlandırdığı tatile hemen başlamak istiyordu.

"Bir kaç gün sonra evin kira bedelini öderiz. Ev zaten eşyalıymış, bu nedenle çok şey götürmemize gerek yok, hemen toparlanır haftaya yazlığımıza geçeriz" derken yüzü gülüyordu Mesut Bey'in.

Mesut Bey'in şakaklarının üst tarafından alnının ortasına doğru hafif dökülmüş olan kırlaşmış saçları ve yorgun gözüken yüz ifadesi ile ellili yaşların başında olduğu hemen anlaşılıyordu. Yoğun iş temposu ve sabah akşam trafik derdi ile uğraşmak onu çok yoruyordu. Zaten İstanbul'da yaşamak ayrı bir dertti, buna trafiğin stresi de eklenince insanı daha çok zorluyor ve bir süre sonra isyan ettiriyordu. Fakat iş yerinin Hadımköy'de olması bu yazlık tatili için bir avantaj bile sayılabilirdi. Akşamları trafiğin ters yönüne doğru gider, sabahları yine trafiğin ters yönüne doğru gelirdi. Ayrıca Kumburgaz'ı seçmesinin bir nedeni de çalıştığı şirketin o bölgeye servis hizmeti olmasıydı.

Kendisi için bunları düşünürken eşini de unutmamıştı tabi ki. Hayatında çok fazla tatil yapamayan Jale Hanımın da hakkıydı biraz olsun rahat edip tatil yapmak. Eşinin ne kadar yorulduğunu, ev işlerinden kendine zaman ayıramadığını düşünerek, "Hem orada ev işi de fazla olmaz, birkaç arkadaş edinir, en azından kafasını rahatlatır" diye içinden geçirdi.

Jale Hanım ise hiç sigortalı bir işte çalışmamış, şu an bulunduğu elli bir yaşına kadar ev işleri yapmış ve emekliliği çoktan hak etmişti. İçinde bulunduğu coğrafya ve bu coğrafyanın içine yerleşmiş olan kültürde ev hanımlığından emekli olmak yoktu. Eli ayağı tutmayana kadar evini çekip çevirecek, mümkün olduğunca işini eksiksiz yapacak ve yine mümkünse hiç hasta olmadan ara sıra hasta olan ev halkının nazını çekecekti. Bu ona ebeveynlerinden yüklenmiş bir misyondu. Çocukken oynadığı evcilik oyunları da bu görev bilinçaltına yüklemişti. Halinden zaman zaman şikâyet etse de hayatının bu şekilde geçeceğini o da çok iyi biliyordu.

Jale Hanım hemen hemen her anne gibi biricik evladı Alper'i çok düşünüyor, onun sağlıklı ve huzurlu olması için dualar ediyordu. Çoğu zaman babasıyla olan atışmalarında araya girip Mesut Beyi sakinleştirir, oğlunun zarar görmesini engellerdi. Zarar görmek derken hemen şiddet aklınıza gelmesin; Mesut Bey bugüne kadar oğluna tek bir fiske bile vurmamış olsa da kullandığı etkili cümleler bazen daha çok can acıtırdı. Bu nedenle Jale Hanım anaç ruhunu oğlu üzerinde çok hissettirirdi. Mesut Bey buna bazı zamanlar, "Şımartma şu çocuğu" diyerek karşı çıktığında, "Bir tek evladım var, şımarsın, ne yapayım" diyerek Jale Hanımdan hep aynı cevabı alırdı.

Alper ise ne annesini ne de babasını düşünüyor, sadece geçireceği üç güzel ayı hayal ederek yapmak istediklerini daha şimdiden planlıyordu. İstanbul'da yaz dönemi en fazla üç ay sürdüğünden, "Acaba bu evi Akdeniz'de tutsaydık da daha uzun tatil mi yapsaydık" gibi düşüncelerle aklını meşgul ederek o günü geçirdi.

Ertesi gün cumartesiydi, Mesut Bey çalışmıyordu. Cumartesi ve pazar günleri çalışmamak hafta sonları dinlenme fırsatı veriyor, bu nedenle pazartesi günü geldiğinde çalışma haftasına dinlenmiş ve motive olmuş olarak başlıyordu.

Mesut Bey, iş yerinden yazlığı tavsiye eden arkadaşıyla birlikte Kumburgaz'da yazlığın olduğu siteye gittiklerinde ev sahibi onları sitenin girişinde bekliyordu. İlk tanışma faslından sonra beraber evi gezdiler. Evin konumunu, temizliğini beğenen Mesut Bey, arkadaşının da onayını aldı, kontratı yaptı. Ev sahibi beyaz saçlı, beyaz bıyıklı, hatta üstündeki tshirt defalarca giyilip yıkanmaktan yaka kısmı göğsüne kadar indiği için rahatlıkla görülebilen göğüs kılları bile beyaz olan bir adamdı. Adam, önce kaç kişi oldukları, aile olup olmadıkları, misafir gelip gelmeyeceği gibi soruları sorarak aldığı cevaplar karşısında tatmin olunca Mesut Bey'den üç aylık parayı peşin aldı. Elektrik ve su gibi giderlerin evi kiralayanlara ait olduğunu sadece site aidatının kendisinin ödeyeceğini belirterek anahtarı Mesut Bey'e teslim etti. Yazlığı kiralamış olmanın mutluluğu ile evine dönen Mesut Bey sevinçle zile bastı. Kapıyı açan Jale Hanıma,

"Hadi toparlanın, 1 Haziran'da taşınıyoruz" diyerek müjdeli haberi verdi. Bunu söylerken daha içeri adım bile atmadan Jale Hanıma sıkıca sarılarak,

"Elimden gelenin en iyisi bu, umarım bundan siz de mutlu olursunuz" dedi.

"Bizim için neler yapabileceğini biliyoruz" diyen Jale Hanım eşinin yanağından sıkıca öptükten sonra elinden çantasını alarak portmantoya astı. Odasında olan Alper'e de duyurmak için sesini yükselterek,

"Haydi, herkes yemeğe bakalım" deyip mutfağa geçti.

Yemekte yazlığa neler götüreceklerini, orada nelere ihtiyaç duyacaklarını konuştular. Bu konuda tecrübeli değillerdi ve uzun zamandır tatile gitmedikleri için neredeyse hiç deniz kıyafetleri yoktu. Çok eskiden kalma birkaç parça giyecek yataklarının altındaki bazanın içindeki hurçlarda bulunmaktaydı. Ayrıca cumartesi pazarından yapacakları ufak tefek alış verişle eksikleri gidererek, on gün kalmış olan 1 Haziran'a hazır olabileceklerini düşündüler. Annesi, Alper'e neler istediğini sordu. Alper o güne kadar hiç çalışmamış, eli ekmek tutmamış olduğunu düşündüğünden ailesine daha fazla maddi yük olmak istemeyerek,

"İki deniz şortu ve birkaç tshirt işimi görür, geri kalanı ben olanlardan tamamlarım" dedi.

Alper sakin, düşünceli, ailesine düşkün, genel toplum yapısına göre düzgün sayılabilecek bir karaktere sahip, 1.80cm boyunda, karakaşlı, kara gözlü, tam bir yağız delikanlıydı. Çevresindekilere karşı yardımsever, merhametli ve duygusaldı. Okul yıllarında birkaç kız arkadaşı olmuş, fakat uzun soluklu ilişkiler yaşayamamıştı. Bunun en büyük nedeni maddi olanaksızlıklar ve bu durumun ona özgüvenini kaybettirmesiydi. Çalışma hayatına başladığında iyi bir iş bulursa hem cebine para girer hem de zamanla yitirdiği özgüveni geri kazanabilirdi.

Alper okul yıllarında çok zorlanmamış, liseyi başarılı sayılabilecek bir diploma notuyla bitirmişti. Fakat ÖSS ve ÖYS sınavlarında biraz zorlansa da aldığı puanla iki yıllık Beykent Üniversitesi Tekstil Teknolojileri bölümünü burslu olarak kazanmıştı. Babasının en büyük isteği de Alper'in İstanbul'da bir üniversite kazanması, böylece şehir dışında okutma masrafının olmamasıydı. Alper hem bunu gerçekleştirmiş hem de babasının mesleği olan tekstil sektöründe bir bölüm kazanmıştı. Böylece babasının çalıştığı firmada işe girmesi de daha kolay olacaktı. İki yıl boyunca derslerine önem vermiş, okulunu uzatmadan bitirmeyi başarmıştı. Alper dört yıllık eğitime geçiş sınavlarına girmek istiyordu. Babası, sınavda başarılı olamazsa hemen askere gitmesini ve döndüğünde ise kendi çalıştığı fabrikada işe başlamasını arzu ediyordu.

"Başlangıç olarak az para verebilirler, fakat sebat edersen kariyer basamaklarını bir bir tırmanır, iyi yerlere gelirsin" demişti babası. "Tabi, kazancın da bu doğrultuda artar, kendi hayatını, aileni kurabilirsin."

Alper ise babasının çizdiği bu tablodan, "Kendi evine çık ve tek başına yaşa" sonucu çıkartıyordu. Belki de Alper'in işine böylesi geliyordu. İyi para kazanırsa, dışarıdaki mekânlarda daha çok vakit geçirir, böylece çok kız arkadaşı olur, belki bazılarını evinde bile ağırlayabilirdi. Geçireceği bu yaz ona önünde duran seçeneklerin kararı konusunda yardımcı olacaktı. Fakat Annesi askerlik konusu her dile geldiğinde hala çocuğunun küçük olduğunu, yirmi bir yaşında olsa bile onun gözünde hep çocuk kalacağını söyler, oğluna sarılarak öpüp koklardı.

O hafta evde telaşlı ama bir o kadar da mutlu bir hazırlık vardı. Hafta içi bir gün öğleden sonra işyerinden izin alan Mesut Bey, eşini yanına alarak yazlık eve gittiler. Erkeğin göremediği detayları kadınlar hep görürdü. Bunu bilen Mesut Bey "Bir kadının gözünden ihtiyaçların ne olduğunu tespit etmek en doğrusudur" diye düşünmüştü.

Yazlık eve vardıklarında saat 14.00'ü biraz geçiyordu ve güneş artık kendini hissettirmeye başlamıştı. Eve beraber girdiler, "Biraz temizliğe ihtiyacı var" dedi Jale Hanım eve girer girmez. Mesut Bey odaları gezdi, dolapların içini açtı, çekmeceleri çekti, banyoya baktı. Gözüne bazı eksikler takıldı, bunları elinde kalem kâğıt olan eşine söyledi. Fazla oyalanmadan evden ayrıldılar. Akıllarına gelen bazı şeyleri ise arabada eve dönerken yazdılar.

Yaptıkları listede bulunan birçok şeyi oturdukları semtin, hatta İstanbul'un en eski pazarlarından olan cumartesi pazarına giderek temin ettiler. Pazar gezmesinden nefret eden Alper sırf yazlık hatırına annesine eşyaları taşımada yardım etti. Birkaç gün sonra nihayet yazlığa götürülecek olan kıyafetler ve eşyalar hazırlanmış, bazıları bavula bazıları ise çanta ve kolilere konulmuştu. Yedek parçası ve servisi ucuz olduğu için tercih ettikleri eski model arabalarına bir gece önceden eşyalarını yüklediler. Arabanın bagajı tamamen dolduğu için bazı eşyaları arka koltukta oturacak olan Jale Hanım'ın yanına koyacaklardı. Bütün gece arabanın, sokağın kaldırım kenarında park halinde kalacak olması pek de güvenli değildi. Bu nedenle sadece bagajı doldurup kapattılar, geri kalan malzemeleri sabah erkenden yükleyecekler ve yola çıkacaklardı.

Alper o akşam yatağına erken yattığında hemen sabah olsun istiyordu. Bunun nedeni tabi ki biran önce yazlığa gitmekti. Alper hemen hemen her akşam başını yastığa koyar koymaz uykuya dalardı, fakat o akşam uykuya geçmekte zorlandı. "Erken yattığım için mi uyuyamıyorum, acaba heyecan mı yaptım" diye düşünürken yatakta doğruldu. Susadığını hissetti, yataktan kalkıp karanlıkta mutfağa doğru yöneldi. Üzerine dantel örtülmüş sürahiden yanındaki bardağa koyduğu suyu bir nefeste içti, mutfak perdesini aralayıp dışarı baktı, tuvalete gitti, sonra tekrar mutfağa gelip buzdolabında yiyecek bir şeyler aramaya başladı. Dişine göre bir şey bulamayınca tekrar odasına döndü. Başucunda duran, üniversitenin ikinci yılında kısa süreliğine flört ettiği kız arkadaşının hediyesi olan kitabı komodinin üzerinden aldı.

Yeni okumaya başladığı ve sayfası bir hayli çok olan bu kitapta, Raskolnikov adındaki genç bir üniversite öğrencisi, tefecilik yapan yaşlı kadını öldürme planı yapmaktaydı. Birkaç sayfa okuduktan sonra, daha tefeci kadının ölümünü öğrenemeden göz kapakları düşmeye başladı. Tepesinden odaya loş bir ışık yayan lambaderin düğmesine zorlukla bastığında odayı karanlık kapladı. Birkaç kez yatağın da sağa sola döndükten kısa bir süre sonra uykuya daldı.

O gece garip bir rüya gördü. Sarı alacalı renkte bir kedi aç gözlerle kendisine bakıyordu. Alper elinde bir ekmek parçası tuttuğunun farkına vardı, kedinin yiyebileceği küçüklükte koparadığı ekmeği önüne bıraktı. Kedi hemen ekmekleri yemeğe koyuldu. Büyük bir iştahla başını kaldırmadan yemeye devam eden kedi, bir kaç parça ekmeği bırakarak yalanmaya başladı. Kısa ve sık tüylü bu sevimli kedinin başını okşamak istediğinde kedi bir anda hızlı bir hamle yaparak tırnaklarını Alper'in çok uzun olmayan, ince ve düzgün yapılı parmaklarına geçirdi. Hızla elini çekmesine rağmen kedinin tırnaklarını geçirdiği yerden kan aktığını net bir şekilde gördü. Canının yanmasıyla sinirlenerek çömeldiği yerden kalkıp kediyi kovalamak istedi. Korkutmak için ayağıyla hamle yapacakken geriye doğru sonsuz bir kuyunun içine düştüğünü ve hızla kanının çekildiğini hissetti. Bir anda ayağının titremesiyle uykusundan uyandı. Karanlık odada yatakta doğruldu, ışığı açtı, hemen eline ve etrafına baktı. Ancak bunun bir rüya olduğunu o anda anladı. "Zaten kediler nankör olur. Nereden geldi de rüyama girdi bu salak kedi" diye söylendi kendi kendine. Terden ıslanmış yastığının yönünü çevirip, serin olan kısmına başını yaslayarak tekrar uykuya daldı. Bu sefer uykuya geçmesi kısa sürdü.

Sabah olduğunda önce Jale Hanım kalktı yataktan. Sessizce kahvaltıyı hazırlamaya başladı. Daha sonra uyanan Mesut Bey duşunu aldıktan sonra her gün adet edindiği sakal tıraşını o gün olmadı. Kahvaltıya oturmadan Alper'i uyandırmak için odasına girdiğinde Alper derin bir uykudaydı. "Bırakayım biraz daha uyusun" diye düşünerek mutfağa geçti. Mutfakta duvara monte edilmiş ve etrafında aile fertlerine yetecek sayıda üç sandalyesi bulunan masanın üstüne hazırlanmış olan kahvaltı, hafta sonu kahvaltılarına benzemiyor, çeşitlerin az olması gözden kaçmıyordu. Hafif loş olan mutfağın duvarları dolaplarla kaplanmış, neredeyse hiç boşta duvar kalmamıştı. Işıkları açmaya yarayan anahtar bile buzdolabının arkasında kalıyordu. Ampullerinden biri yanmayan, mutfağa uygun olduğunu düşünerek aldıkları avizede biriken tozlar, pişen yemeğin buharıyla üzerindeki irili ufaklı camlara yapışmıştı. Oturdukları binanın arka tarafına bakan küçük mutfak penceresinden diğer binaların soluk duvarlarından başka bir şey görünmüyordu. Binaların bu kadar birbirine yakın, hatta birçoğunun bitişik nizam olması kısa süre önce meydana gelen depremin izlerini daha da belirginleştiriyordu. Şiddetli sarsıntı sonrasında duvarlarda çatlama, hatta bazılarında ise yarılmalar olmuştu. Depremin üzerinden geçen bir yılda hiçbir düzeltme yapılmamış, bazı binaların çatlayan yerleri sıva ve boyalarla kapatılmıştı. İnsanlar bunu yaparak kendini kandırıyor, görünmeyen bir kusurun sanki hiç olmamış gibi algılanmasını sağlıyordu.

"Çayı şimdi demledim, on dakika sonra demini alır" dedi Jale Hanım.

"Alper'e baktım, derin uyuyordu. İstersen sen ona bir sandviç hazırla, yolda yesin. Uykusunu alsın. Orada eşyaları taşıyacağız, hemen yorulmasın" diye karşılık verdi Mesut Bey.

"Tamam, şimdi hallederim" demeye kalmadan Alper mutfak kapısında belirdi.

"Günaydın, saati duymamışım. Gerçi erken yattım ama hemen uyuyamadım" dedi Alper gözünü yumruğu ile ovuşturarak.

"Heyecandandır o heyecandan" dedi babası gülümseyerek. Alper boş olan sandalyeyi çekerek yavaş hareketlerle oturdu. Önünde duran, gazeteden eksiksiz biriktirilen kuponlarla verilmiş olan tabağın içinde bir şey yoktu. O sıralar hemen hemen bütün evlerde aynı tabaklardan kullanılıyordu. Gazeteler çıldırmış gibi kapkacak, tabakçanak dağıtıyor, kadınlarda bu çılgınlığa ayak uydurarak kupon biriktiriyordu. Hatta birkaç yıl önce kuponla araba bile vermeye kalkmıştı gazetenin bir tanesi. Bunları düşünerek gözü dalan Alper, haşlanmış yumurtayı tabağına bırakan annesinin elini görünce kendine geldi. Biraz peynir biraz da zeytini tabağına kendisi ekledi. Genelde gündelik yaşamlarından bahsederek yemek yerlerdi. Alper masadan kalkınca annesi ve babası sohbete devam eder, bazı zamanlarda yine sofrada tartışırlardı. Alper genelde bu tartışmalardan uzak durur, konunun ne olduğunu bile merak etmezdi. Fakat o gün sessiz ve çabuk kahvaltı yapıldı.

Son kalan çantayı da arabanın arka koltuğuna koyduktan sonra yorularak terleyen Alper, genelde iki iki çıktığı merdivenleri bu kez teker teker çıktı. Apartmanı on beş yıl önce inşa eden müteahhide, "Ulan koskoca apartmana bir asansör yapamamış geri zekâlı adam" diye söylenerek beşinci kattaki evlerinin kapısına vardı. Babası ayakkabılarını giymiş, annesi ise evin içini ve prizleri son kez tek tek kontrol ediyordu.

"Başka gidecek bir şey var mı baba" dedi Alper soluk soluğa.

"Yok, oğlum, sen in aşağı, arabanın başında bekle. Hırlısı var, hırsızı var" dedi babası.

"Ya baba bu saatte hırsız mı olur, saat sekiz oldu millet sokakta."

"Hanım, tamam mı her şey, hadi çık da yola koyulalım bir önce."

"Tamam, hayatım, her şeyi kontrol ettim, artık çıkabiliriz" diyerek kapıyı kapattı Jale Hanım. Kısık sesle ve dudaklarını oynatarak çeşitli dualarla kapıyı kilitleyen Jale Hanım, komşularıyla bir araya geldikleri Kur'anı Kerim okuma günlerinde öğrendiği ev koruma duasını üç kez okudu.

"Tamam artık anne, hırsız gelse kapıya dokununca çarpılır yeminle" dedi Alper sırıtarak.

"Sen karışma, sadece kilit mi koruyor evi. Hadi Allah'a emanet, kale kapısı gibi ol inşallah, tüh tüh" diye iki kere kapıya tükürdükten sonra, en önde Alper, arkasında Mesut Bey ve en sonda da Jale Hanım apartmanın merdivenlerinden inmeye başladılar.

2

Yolculuk sırasında Büyükçekmece'de birkaç yerde durup, yol kenarı satıcılarından meyve ve sebze aldılar. Aynı zamanda Kumburgaz'a gelmeden yine yol kenarındaki büyük bir marketten buzdolabını dolduracak kadar şarküteri alış verişi yaptılar. Jale Hanımın bir gece önceden hazırladığı birkaç atıştırmalık yiyecek ise yanında duran çantasındaydı. Yaklaşık iki saat süren yolculuk sonrası Kumburgaz'a vardıklarında daha öğlen olmamıştı. Bölünmüş yolun solunda kalan siteye direk dönüş yoktu. Az ileride sola ve U dönüşü yapılabilecek bir kavşak vardı. Mesut Bey daha önce buraya iki kez geldiğinden hemen yolun soluna yanaştı ve dikkatli bir şekilde "U" dönüşünü yaptı. Biraz ilerledikten sonra sitenin soluk tabelası gözüktü. Sitenin girişinde market yazan, ama bariz bir şekilde bakkal diyebileceğimiz dükkânın önüne park etti arabayı. Tabelası mavi zemine boyalı bakkalın aynı zamanda tekel bayi olduğu hemen anlaşılıyordu. Birkaç saniye etrafı inceledikten sonra,

"Hadi bakalım, geçmiş olsun" diyerek arabanın kapısını ilk Mesut Bey açtı.

Bakkalın yanından siteye yaya girişi vardı. İki kanatlı, yarı insan boyu yüksekliğinde, yıllar önce yapıldığı anlaşılan eski ve yıpranmış demir giriş kapısından biraz uzaklıkta olan kumsal ve deniz net bir şekilde gözüküyordu. Sağlı sollu dizilmiş iki katlı evlerin arasından kumsala uzanan yol, Arnavut kaldırım taşı ile döşenmişti. Kaldırım kenarlarındaki bodur ağaçlar ve çeşitli yabani bitkiler yolun sonuna kadar uzanıyordu. İçeriye araba girişi olmayan yolun iki tarafına simetrik dizilmiş hemen hemen her evin önünde duran bisikletler Alper'in gözüne çarptığında "Demek ki bisiklete binen çok insan var" diye düşündü. Mesut bey,

"Önce eve ayak basalım, sonra eşyaları alırız" deyince arabanın kapılarını kapatıp hep birlikte sitenin girişine doğru yöneldiler. Eski demir kapıyı açarken çıkan gıcırdama sabah saatlerinde sessiz ve sakin olan sitenin sükûnetini bozmaya yetti. Kapıdan geçip yaya yolundan evlerine doğru ilerlediler. Kumsala kadar uzanan yolun her iki tarafında toplam on altı ev vardı. İki katlı evlerin alt ve üst katları ayrı dairelerden oluşuyordu. Alt katların girişi küçük bir bahçenin içinden, üst katların girişi ise binanın yan tarafından yukarı doğru uzanan bir merdivenleydi. Kiraladıkları dördüncü sıradaki 23 numaralı evin önüne geldiler. Giriş katta olan evlerinin bahçesi hafif sarıya dönmüş çimle kaplıydı, bazı yerlerde ise alelade dikilmiş çiçekler vardı. Jale Hanım daha önce buraya geldiğinden ortamı az da olsa biliyor, Alper ise sürekli etrafı inceliyordu. Komşu evin küçük verandasında oturan yaşlı çifte selam vererek evin giriş kapısına doğru yöneldiler. Jale Hanım yine dualar eşliğinde kapıyı açtı ve sağ ayağıyla içeri girdi. Sağ ayakla bir yere girmek, sağ ayakla merdiven çıkmaya başlamak, ilk sağ ayakkabıyı giymek, pantolonun sağ bacağından giymeye başlamak çok dikkat ettiği alışkanlıkların başında gelirdi. Bunun gibi birçok alışkanlığı mevcuttu, hatta bazıları can sıkıcı hale bile gelebiliyordu.

Eşyaları evin içine taşıdıktan sonra soluklanmak için Alper verandaya çıktı. Plastikten yapılmış iki yanı kolçaklı beyaz sandalyeye oturdu. Saat ilerledikçe kalabalık bir miktar artmaya başladı.

Site sakinleri genellikle kahvaltılarını verandada ya da balkonda yapıyor, akşam yemeklerinde ise mangal yapıyorlardı. Evin bahçesinden sitenin yürüyüş yoluna ve dar bir açıdan görünen denize bakmak keyifliydi. Yazlığa gelirken yanına birkaç kitap alan Alper hepsine zaman ayırıp okumak istiyordu ama ilk olarak hedefi yarıda bıraktığı kalın kitabı okuyup bitirmekti.

Saat öğleni geçtiğinde eve yerleşme işini mutfaktaki birkaç eşya hariç hemen hemen bitirdiklerinde bir hayli yoruldular. Annesi, Alper'e ekmek almak için bakkala gitmesini biraz yüksek sesle söyledi. Alper o sırada iki odalı evin küçük odasındaki tek kişilik yatağa uzanmış halde tavanların boyasını ve lambayı inceliyordu. Yandaki sitenin içine bakan, sineklik ile korunmuş iki kanatlı pencerenin bir tarafı açılabiliyordu. Yandaki site müstakil evlerden oluştuğundan pencerenin önünü kapatan bir yapı yoktu. İyi ışık alan evin bu odası gayet ferahtı. Alper rahat ve yumuşak yataktan kalkarak giriş kapısının önüne geldi. Kapının yanındaki dolaptan ayakkabılarını aldığında komşu yaşlı çiftin kendisini izlediğini fark etti. Onlara selam verip yanlarından geçerek yolda ilerledi. Önce sahile doğru gitmek geldi içinden. Yolun sonuna kadar yürümeye devam ederek etrafı inceledi. Az ilerideki iskelenin başında barakaya benzeyen bir yapı vardı. Bu küçük barakanın giriş kapısının üst tarafında "kafe" yazan ahşaptan yapılmış bir tabela asılıydı. Bir süre daha etrafa baktıktan sonra geri dönüp sitenin girişinde bulunan bakkala doğru ilerledi ve kapısından içeri girdi. Tezgâhın arka tarafında şişmanca, orta yaşlarda, sevimli bir yüzü olan adamı fark etmemesi mümkün değildi. Alper'in

"Selam" demesine

"Aleykümselam" diye karşılık verdi bakkal başını kaldırmadan.

"Ekmek alacaktım."

"Arkandaki dolapta var. İstediğini alabilirsin. Ama elinle değil gözünle seç."

"İki tane alıyorum" dedi ve cebinden çıkarttığı kâğıt parayı uzattı. Parayı alan bakkal,

"Sabah şu beyaz araba ile geldiniz, değil mi buraya" dedi diğer elinde tuttuğu bıçakla arabayı işaret ederek.

"Evet."

"Bu siteye mi geldiniz?"

"Evet, bugün taşındık. Sezonluk kiraladık. Üç ay buradayız."

"Hayırlı olsun, adın ne delikanlı?" dedi bakkal gülümseyerek,

"Alper benim adım."

"Bende Yılmaz, memnun oldum."

"Bende memnun oldum. Hayırlı işler."

"Ha bu arada, bütün ihtiyaçlarınızı buradan karşılayabilirsiniz" diye seslendi Alper kapıdan çıkarken.

Sevimli ve cana yakın bir adamdı. Yüzündeki genel kırmızılık, karaciğerinin vücuduna giren alkolü temizlemeye çalışmaktan yorulduğunu belli ediyordu. Alper ilk tanıştığı kişinin bakkal olmasına şaşırmamıştı. Sitenin eski kapısından içeri girdiğinde karşıdan bisikletle gelen, kendi yaşlarında bir erkek, kafasını hafif öne eğerek selam verdi, Alper de ona karşılık aynı hareketle gülümseyerek selam verdi. Temiz yüzlü, buğday tenli, hafif koyu sarı saçlarıyla bu genç akranı, yakışıklı sıfatını hak ediyordu. "Karakterini bilemem ama çocuk yakışıklıymış" diye içinden geçirdi.

Alper akşam yemeğini yerken biraz olsun dinlenebildi. O saate kadar kıyafetlerini yerleştirip temizlik ve düzen işlerinde annesine yardımcı olmaktan akşam yemeğine kadar dinlenme fırsatı bulamamıştı. Yemek masasına oturduğunda belinin ağrıdığı hissetti. Birkaç şey atıştırdıktan sonra yorgunluğuna aldırmadan,

"Ben biraz etrafı gezeceğim, bakalım neler varmış" diyerek masadan kalktı.

"Oğlum, çok yoruldun, geç oldu. Bugün dinlen, yarın sabah bakarsın" dedi annesi.

"Hayır anne, ben çıkacağım dışarı. Aşağıda bir kafe var, oraya bakacağım."

"Bırak hanım, baksın. Kazık kadar adam. Oğlum, dikkatli ol yeter. Fazla da geç kalma" dedi Mesut Bey.

"Tamam, merak etmeyin. Anahtarı ben alayım. Gelince sizi uyandırmam."

"Oğlum, şurada bir tane daha anahtar var. Onu sen yanına al, sende dursun. Onunla girip çıkarsın" dedi annesi kapının yanında askıya asılı anahtarı elindeki çatalla işaret ederek.

"Tamam. Hadi ben kaçtım" diyerek kapıdan çıktı Alper.

Hava kararmış, sitenin ortasında bulunan yolun ışıkları yanmıştı. Pek parlak olmayan ışıklar etrafı aydınlatmaktan ziyade yol gösteriyor gibiydi. Evlerin bazıları boştu. Sezon daha tam olarak açılmamış, deniz suyu henüz içinde vakit geçirecek kadar ısınmamıştı. Hatta o akşam havada hafif bir serinlik vardı. Bu nedenle bazı evlerin ışıklarının yanmasına rağmen verandalarda kimse yoktu. Alper yolun sonuna geldiğinde istinat duvarına benzer bir duvardan aşağıya kumsala doğru inen, birkaç basamaktan oluşan bir merdiven, hemen yanında ise sahile paralel giden dar bir yol gördü. Sabah keşfettiği yolun sonundaki kafenin ışıkları yanıyor ve içeride birkaç insan olduğu bu mesafeden seçilebiliyordu. Dar yoldan ilerleyerek oraya vardı. Kafenin kapısı hafif aralıydı ve içeriden çok gürültü gelmiyordu. Kapıyı açtı ve hafif hareketlerle içeri girdi. Kafenin ortasında üç tane bilardo masası bulunuyordu. Kapının solundaki barın arkasında saçları uzun, kulağı küpeli bir adam elindeki bezle bardakları siliyordu. Kafenin içi pek dolu değil, dört beş masada oturan yaklaşık on kişi vardı. Kafenin içine tamamen hakim konumda olan cam kenarındaki, boş masalardan birini gözüne kestirerek oturdu. Alper burayı bilerek seçmişti. Kendisinden birkaç yaş genç görünen birisi yanına yaklaştı ve

"Merhaba, hoş geldiniz, ne alırsınız?" dedi elindeki kalem ve kâğıdı hazır tutarak. Çocuğun yaşından yaz tatilinde para kazanmak için garsonluk yaptığını düşünen Alper,

"Bira var mı?" dedi gülümseyerek.

"Evet, var efendim" dedi garson çocuk.

"Şişe mi, fıçı mı?"

"İkisi de mevcut."

"50'lik fıçı alayım. Yanında da biraz çerez lütfen."

Elindeki kâğıda bir şey yazma ihtiyacı duymayarak

"Peki, efendim" dedi garson çocuk kibar bir sesle. Masanın üstünde kül tablası ve peçetelik vardı. Ahşaptan yapılmış masa ve sandalyeler kafeye otantik bir hava katıyor, bu havayı sarı loş ışıklar destekleyerek kumsala yakışır bir ambiyans sergiliyordu. Alper sevmişti burayı, ortamın ambiyansı ona iyi hissetmesini sağlıyordu. "Eğer bira ucuzsa yaşadım, her akşam buraya takılırım. Ne kadardır burada bir ev acaba. Ulan paranın gözü kör olsun. Her yazı böyle bir yerde geçirsem ne keyifli olur" diyerek iç geçirdi. Kibar garson,

"Buyurun efendim" diyerek, üst tarafında bir parmak köpüğüyle, etrafındaki nemden içindeki biranın yeterli soğuklukta olduğu anlaşılan bardağı ve çerezi masaya bıraktı. Alper teşekkür ettikten sonra biradan bir yudum aldı. "Ooh, süper" dedi ve keyfini çıkartmaya başladı.

İkinci birasının sonlarına geldiğinde gündüz selamlaştığı yaşıtı genç içeri girdi. Genç çocuk,

"Naber Taylan Abi?" diye seslendi barın arkasındaki adama eliyle selam vererek.

"İyidir Engin, senden naber?" dedi Taylan bir gözünü kırparak. Böylece hem yakışıklı çocuğun adının "Engin" hem de barın arkasındaki uzun saçlı adamın adının "Taylan" olduğunu öğrendi Alper. Engin kafenin diğer tarafında oturan grubun yanına gitti. Erkeklerle kafa tokuşturup, kızlarla tokalaştı. Kafa tokuşturmaya bir türlü alışamamıştı Alper. Genelde erkek arkadaşlarını öpmez, hele ki kafasını karşısındakinin kafasına asla vurmazdı. Sadece tokalaşır, "Erkek erkeği öper mi lan" der, kendini geri çekerdi, fakat samimi olduğu kızları selamlaşmak için öperdi.

Engin gruptan arkadaşları ile şakalaşıyor, ara sıra yüksek kahkahalar atıyordu. Alper ise göz ucuyla onlara bakıp gündüz selamlaştığı Engin'in onu fark etmesini bekliyordu. Bir süre sonra Engin yüksek bir sesle arkadaşlarına meydan okuyarak,

"Var mı benimle bilardo oynayacak" dedi. Gruptan ses çıkmayınca barmene dönüp,

"Taylan Abi, bunlar benden tırsıyor" diyerek gülmeye başladı. Gözü o anda tek başına oturan Alper'e takıldı. Engin sitenin tanınmış gençlerinden olması ve yakışıklılığın vermiş olduğu özgüvenle Alper'in yanına geldi.

"Merhaba, iyi akşamlar. Seni gündüz görmüştüm. Burada mı oturuyorsun?" dedi kibar bir sesle gülümseyerek.

"Evet, bugün geldik. Yani yazın sonuna kadar da buradayız."

"Sezonluk yani."

"Evet" dedi Alper başını öne doğru sallayarak.

"Adım Engin. Bende yazları burada geçiriyorum. İki hafta oldu geleli. Burası iyi bir yerdir. Umarım sende seversin."

"İlk günden sevdim burayı. Birası güzel, ortamı güzel, ha bu arada memnun oldum, ben de Alper" diyerek elini uzattı.

Engin sıkı bir şekilde tokalaştı. Boyu ile elleri orantılıydı Engin'in. Alper'le hemen hemen aynı boyda ve fit bir vücudu vardı. "Bize katılmak ister misin?" dedi Engin kendi oturduğu masayı başıyla işaret ederek.

"Tabi, çok isterim. Sonuçta burada kimseyi tanımıyorum" diyerek gülümsedi Alper. Birasını ve çerezini alarak diğerlerini yanına gittiler. Engin arkadaşlarının yanına geldiğinde, "Arkadaşlar, bu Alper. Bugün taşınmışlar siteye. Gündüz selamlaşmıştık. Şimdi de tanıştık" dedi.

"Herkese merhaba" diyerek masada oturanlarla göz göze gelmeye çalıştı Alper.

"Merhaba ben Ahmet, memnun oldum."

"Ben de memnun oldum."

"Ben Tarık, memnun oldum."

"Ben de memnun oldum Tarık."

"Ben de Sevgi."

"Memnun oldum Sevgi."

"Bilardo oynar mısın?" dedi Engin, Alper'in omuzuna elini koyarak.

"Oynarım, ama üç top" dedi Alper kendinden emin bir şekilde.

"Ooo, bana bu yaz rakip çıktı desene" dedi Engin barmen Taylan'a seslenerek.

"Çok iyi değilim ama arada oynarız arkadaşlarla" dedi Alper.

"Nerede oturuyorsun Alper?"

"İstanbul, Bakırköy. Özgürlük meydanından aşağı inerken sağda Quatro bilardo vardır. Oraya takılırız hep."

"Biliyorum orayı ben. Birkaç kez gitmiştim."

"Oraya yakın mı eviniz?" dedi Alper merakla.

"Yakın sayılır. Florya'da oturuyoruz biz. Semih Saygıner takılıyormuş diyorlar oraya ama ben hiç görmedim. Sen rastladın mı?"

Alper,

"Evet, birkaç kez rastladım. Hatta bir gün sohbet etme imkânım bile oldu" dedi.

Lise ve üniversite yıllarında semtteki arkadaşları ile bilardo salonuna sıkça takılır, iyi oynayan büyüklerinden vuruş teknikleri öğrenirdi. Aslında bilardoyu iyi oynar, üç top karambolde bir saatte ortalama doksan sayı çekerdi. Bu da amatör oyuncu için iyi sayılabilecek bir ortalamaydı. Engin,

"Hadi o zaman, başlayalım. Taylan Abi, bize bir saat açar mısın" diye seslendikten sonra ıstaka seçmek için sehpaya yöneldi. O gece çok keyifli geçti Alper için. Bol bol sohbet ettiler Engin'le. Yeni tanıştığı diğer arkadaşlar da ara sıra sohbete katıldılar. Sitede oturanlar ve şişman bakkal hakkında epeyce konuşup gülüştüler. Engin'i çok sevmiş, onunla takılabileceğini anlamıştı Alper. Onun sayesinde arkadaş çevresini genişletebileceğini düşünüyordu. Üstelik İstanbul'da evleri yakın sayılır, yazdan sonra da onunla arkadaşlık yapabilir, böylece sosyal çevresini genişletebilirdi.

Eve geldiğinde saat 02.00'ı biraz geçmişti. Alper yavaşça kapıyı açarak içeri girdi. Önce ayakkabılarını çıkardı. Giriş kapısının arkasındaki, içine en fazla beş altı ayakkabı sığabilecek büyüklükteki dolabı açtıktan sonra ses çıkartmamaya özen göstererek ayakkabılarını içine koydu. Kapıyı yavaşça kapatırken babasını gördü karanlıkta. Mesut Bey,

"Neredesin eşek sıpası bu saate kadar?" dedi fısıldayarak.

"Kafedeydim baba. Valla kafe harika. Birkaç arkadaşla tanıştım. Engin adında biri var, onunla bilardo oynadık" dedi heyecanla babasına.

"Hah buldun burada da bilardoyu, hadi hayırlı olsun."

"Allah yüzüme güldü desene" dedi Alper sırıtarak.

"Oğlum annen merak etti. Hadi yat hemen, sabah denize ineriz."

"Tamam, ineriz, hadi iyi geceler" diyen Alper odasına geçti. Yatağına uzandığında mutluydu ve huzurluydu. Daha ilk günden kendisini kabul ettirmişti birkaç kişiye. Arkadaş edinmek, kendi kabul ettirmek yirmili yaşlardaki gençler arasında zordu ve Alper burada bunu daha ilk günden başarmıştı.

O sabah denize inmek için hazırlık yaptıkları sırada yan evdeki yaşlı adam bahçeyi suluyordu. Elindeki hortumu bırakmadan, "Denize mi delikanlı?" diye sordu Alper'e.

"Evet amca, denize iniyoruz. Nasıl deniz burada? İyi midir?" dedi Alper terliklerini giymeye çalışarak.

"Sığ olan yerler biraz yosunlu olur, fakat ileri gittikçe daha temizdir. Dalga varsa kıyıya toplanır yosunlar."

"Teşekkürler"

"Evlat, yüzme biliyor musun?" diyerek devam etti sorularına yaşlı adam.

"Yani pek değil ama yüzmeye çalışırım" dedi Alper gülümseyerek.

"Dikkat et kendine, fazla açılma."

"Yok, açılmam zaten" dedi Alper.

Yaşlı adamın söyledikleri kıymetli bilgilerdi. En azından denizin durumu hakkında bilgi almıştı. Yüzmeyi çok iyi bilmediğinden dolayı zaten açılamazdı. Ara sıra arkadaşları ile günübirlik gittiği havuzlarda yüzmeyi az çok öğrenmiş olsa da boyunu geçen denizde yüzmekten çekiniyordu.

Gerekli gereksiz birçok şeyi yanlarına alarak kumsala doğru yürüdüler. Yolun sonuna geldiklerinde birkaç basamak inerek dar fakat temiz kumsala ayakbastılar. Kimileri kendi şezlonglarını getirmiş, kimileri ise havlularını kumların üzerine sermişti. Kumlar sabah saatlerinde henüz ısınmamıştı. Alper ve ailesi de havlularını kumların üzerine serdiler. Güneş daha henüz etkisini göstermemişti. Alper'in akşam takıldığı kafenin hizasında denizin içine doğru uzanan bir iskele vardı. İskelenin yüksek ayakları uca doğru denizde kayboluyor, denizin iskelenin uç tarafında derin olduğu anlaşılıyordu. Kafenin iki garsonu sahildeki insanlara servis yapıyor, kimileri sabah kahvelerini kumsalda içmeyi tercih ediyordu.

Alper önce ayaklarını soktu denize. Suyun soğukluğu bacaklarını titretmeye yetti. Fakat denize girmekte kararlı olan Alper babasına,

"Baba su çok soğuk ama gel girelim. Sanırım alışırız" derken bile tüyleri diken diken oluyordu.

Mesut Bey günlerden pazar olduğundan o günü sahilde ve denizde geçirmek niyetindeydi. Sonuçta ertesi gün iş başı yapacaktı.

"Tamam oğlum, geldim" diyerek hızlı adımlarla yanına geldi. Terliklerini kıyıya vuran dalgaların oluşturduğu doğal kum tümseğinin gerisine koyarak yavaş yavaş denize girdi. Alper ve babası her dalga gelişinde ayak parmakları üzerinde zıplıyor, suyun soğukluğuna alışmaya çalışıyorlardı. Fakat suya girdikten bir süre sonra suyun ısısına vücutları alışıyor, yüzmenin keyfine varıyorlardı. Alper,

"Anne, hadi sende gel" diye bağırdı denizin içinden.

Ses dalgaları önce denizin yüzeyine sonra kumsalın gerisindeki duvara çarpıyor ve doğal bir akustik oluşturarak kumsalın üzerinde net duyulabiliyordu. Annesi,

"Siz yüzün, ben daha sonra gireceğim, böyle iyiyim" derken el işaretli ile de söylediklerini anlatmaya çalışıyor, kumların varislerine iyi gelmesini umut ederek bacaklarını kumun içine gömüyordu.

Bir süre denizde ve kumsalda vakit geçirdikten sonra karnı acıkan Alper, bir şeyler yemek için kafeye çıktı. Engin ve Ahmet tavla oynuyorlardı. Alper yanlarına giderek onlara selam verdi. Engin sahile çok erken indiklerini, bir kaç kez denize girdikten sonra kafede takıldıklarını söyledi. Genelde gün boyu orada takılıyor, denize ise iskeleden giriyorlardı. İskeleden denize girmek Alper'i biraz germiş, derin olduğunu tahmin ettiği yerden arkadaşlarının yanında nasıl denize gireceğini düşünmüştü biran. Ama önce karnını doyurması gerekliydi. Alper,

"Engin, burada ne yiyebiliriz?" diye sordu kısık bir sesle.

"Alper, burada boşuna yemeğe para verme. Bakkal Yılmaz Amcaya git, ekmek arası bir şeyler yaptır. Taylan Abi yiyecek konusunda kazıktır biraz" dedi Engin usulca.

"İyi o zaman, ben gidiyorum, siz bir şey ister misiniz?" diye sordu Alper arkadaşlarına bakarak.

"Yok, sağ ol. Sen ye gel, hep beraber denize girelim" diye karşılık verdi Engin, Ahmet de elini göğsüne götürerek teşekkür işareti yaptı.

"Hadi ben kaçtım" dedi ve yanlarından kalktı Alper. Kumsalın merdivenlerine inerek ailesine bir istekleri olup olmadığını sordu, onlardan "Hayır" cevabı aldıktan sonra sitenin yolundan bakkala doğru ilerledi.

Şişman Yılmaz Bakkal dükkânını gölgeleyen tentenin altında oturmuş, gelen geçene bakıyordu. Alper'in geldiğini görünce,

"Ooo delikanlı hoş geldin" dedi ayağa kalkarak.

"Hoş bulduk Yılmaz Amca. Karnım acıktı, ne yiyebilirim?" dedi Alper karnını ovuşturarak.

"Sana ekmek arası kaşar salam yapayım. İçine biraz da salçalı acı sos süreyim. Bak gör, her gün gelip yemek isteyeceksin."

"Tamam olur. Yap bir yarım o zaman" diyerek gülümsedi Yılmaz Bakkala. Alper yemeklerde ekmeği çok yer, fakat kilo almazdı. Gençliğin vermiş olduğu enerji ile vücudu besinleri hemen yakıyor, bu nedenle sık sık acıkıyordu. Hareketli bir yaşamı yoktu ama iyi çalışan metabolizması onu idare ediyordu. Kilo almaması ve esmerliği ona yağız delikanlı yaftasını yakıştırıyordu.

Yılmaz Bakkalın hazırlığını dışarıdaki tentenin gölgesi altında beklemeye koyulan Alper gelen geçene bakıyor, aynı zamanda etrafı inceliyordu. Az ileride rahatlıkla görülebilen büyük oteli de şimdiye kadar fark etmemişti. Kafenin arka tarafına denk geliyordu. Sahile bitişik olan otelin girişi yol tarafındandı. Oteli incelerken görüş alanına arka camları sonradan kapanmış, eski model olmasına rağmen temiz kullanılmış gibi gözüken bir panelvan minibüs girdi. Arabayı kullanan orta yaşlarda bir adam, "İşte burası abla" diyerek araçtan aşağı indi. Diğer kapı ters tarafta kaldığından o kapıdan inenler minibüsün önünden adamın yanına doğru ilerlediler. Yine orta yaşlarda bir kadın, yanında on yaşlarında küçük bir kız, onların arkasında ise genç bir kız daha vardı. Adam ve kadın sitenin eski giriş kapısına yöneldiklerinde arkalarındaki genç kızı net bir şekilde görebildi Alper. Sabah doğan güneş bir kez daha doğmuştu o an. Az ötede duran genç kızdan kendisine doğru ışık huzmeleri geliyor, kızın pürüzsüz buğday rengi teninden ışıklar saçılıyordu. Hafif dalgalı parlak sarı saçları şakaklarından yanaklarına doğru iniyor, yeşil gözleri; çiçekleri, ağaçları, çayırları, ovaları, yazın tüm güzelliklerini müjdeliyordu. Kalp atışı hızlanan Alper boğazının kuruduğunu anlayınca ağzının açık olduğunu fark etti. Birkaç kez yutkunarak boğazını ıslattı ve nefesini toparlamaya çalıştı. Yaklaşık bir dakikadır nefes almıyordu. Hayat onun için bir dakikalığına durmuş, tüm evren onun normale dönmesini bekliyordu. Etrafında bazı sesler duyuyor, fakat ona boş bir uğultu gibi geliyordu o an. Genç kız, küçük kızın elinden tutarak adam ve kadın ile beraber sitenin kapısından içeri girdiler. Kadın,

"11 numara" dedi eliyle sitenin içindeki evi işaret ederek, adam ise,

"İlerde olmalı" diye cevap verdi.

Alper gördüğü kızın etkisinden çıkarak kendisine seslenen bakkalı zor duydu,

"Tamam, geldim geldim."

3

Alper'in en son üniversitenin ikinci yılında sevgilisi olmuş, kısa bir flört döneminin ardından ayrılmışlardı. Filiz adındaki bu kızın istekleri Alper'i bunaltarak, bir süre sonra ayrılığı kaçınılmaz hale getirmişti. Sürekli kahve menüsü zengin kafelerde takılmak, lüks restoranlarda yemek yemek Filiz'in ardı arkası kesilmeyen isteklerindendi. Babasının verdiği cep harçlıkları lüks restoranlara anca yetiyor, annesinden tırtıkladığı paralar kafelere gidiyor, taksi paralarına ise bütçe kalmıyordu. Filiz'in masaya gelen hesaplara yabancı kalması bütün yükü Alper'in sırtına yüklüyordu. Sonunda bu yüke dayanamayan Alper, Filiz'e "Ayrılalım" dediğinde, kendisine, "Yapma ne olur, ayrılmayalım, seni bırakamam, senden ayrılamam" gibi cümlelerin beklentisi içinde "Peki tamam, sen bilirsin" cevabını aldığı o günden beri hiç bir kıza yanaşmamış, aşka olan inancı zedelenmişti.

Filiz'e âşık da değildi fakat flört ettikleri kısa süre içerisinde ona alışmıştı. Alper için hayal kırıklığı ile biten son ilişki bu olmayacaktı.

Elindeki ekmeği hızla yiyip bitiren Alper hemen sitenin içine daldı ve 11 numaralı evin önüne kadar hızlı adımlarla ilerledi. Eve yaklaştıkça adımları da yavaşlamıştı ki alt kattaki verandada küçük kızı gördü. Kendi kendine şarkı söyleyip dans ediyor gibi bir tavrı vardı. Evin giriş kapısı ardına kadar açık olmasına rağmen içerisi gözükmüyordu. Ev, görüş alanından çıkınca etrafta onu gören insanların dikkatini çekmemek için yolun sonuna kadar yürüyüp geri döndü. Tekrar evin önünden geçerken açık olan kapıdan içeriye daha dikkatlice baktı fakat yine bir şey göremedi. Biraz ilerledikten sonra tekrar döndü ama manzara yine aynıydı. Kızı göremeyeceğini anlayınca şimdilik vazgeçerek ailesinin yanına gitti.

"Neredesin oğlum" dedi babası Alper'i görünce.

"Bakkala bir şeyler yemeye gittim baba."

"Hani kafede yiyecektin?"

"Kafe pahalıymış, bakkala ekmek arası yaptırdım."

"İyi aferin. Annenle denize gireceğiz, hadi sen de gel."

"Yok baba, ben iyiyim böyle, siz girin" dedi Alper.

Sahilden sitenin yolunu gözetlemeye başladı. Bu sırada nereye baktığı anlaşılmasın diye babasının klasik damla model Ray-Ban gözlüklerini takarak bakışlarını kamufle etti. Fakat kumsal duvarının üst tarafında kalan yolu rahat göremiyor, âşık olduğu kızın kim olduğunu merak ederek içi içini yiyordu. Bunları düşünmeye daldığı sırada Engin'in kendisine seslendiğini fark etti. İskelenin üstünde Alper'e yanına gelmesi için koluyla abartılı bir şekilde, "Gel" işareti yapıyordu. Alper önce gözlükleri çıkardı, daha sonra babasına seslenerek iskeleye gideceğini haber verdi.

Engin ve arkadaşları denizde yüzdükten sonra kurumak için iskelenin kenarında oturmuş sohbet ediyorlardı. Alper de selam vererek onlara katıldı. Uzun bir süre sohbet ettiler, fakat Alper onlara, ne gördüğü kızdan ne de aileden bahsetti. Bunun nedeni ise Engin'i çok sevmesine rağmen kendine rakip görmesiydi. Hemen hemen her yazı Kumburgaz'da geçirdiğinden Engin'in kızı tanıma ihtimali de yüksekti. Bu nedenle elini çabuk tutup önce kendisi yakınlaşmak ve tanışmak istiyordu. "Bunun için en uygun zaman akşam olabilir" diye düşündü.

Akşam yemeğinde tatildeki her Türk ailesi gibi mangalı ya-kan babasına yardım eden Alper yemeğini hızlıca yedi, özenle hazırlanarak evden çıktı. Yine yavaş adımlarla 11 nolu evin önün-den geçti. Sabah gördüğü kız bu kez verandada oturuyor, küçük bir kızla bir şeyler konuşuyordu. Heyecanlanan Alper'in kalbi normalden daha hızlı çarpmaya başladı. Kısa bir süre kızı izledi uzaktan. Aklına panelvan geldi. Yerinde olup olmadığını kontrol etmek için sitenin girişine kadar giderek etrafa dikkatlice baktı. Araba park ettiği yerde yoktu, gitmişti. "Demek ki adam burada değil" diye düşündü.

Geri dönüp evin önünden geçtiği sırada Engin karşısında be-lirdi. Sevimli bir şekilde Alper'e sırıtıyor, bir yandan da göz ucuyla kıza bakıyordu. Alper'in kolundan tutarak kenara çekti.

"Çok mu beğendin?" dedi Engin başıyla kızı işaret ederek. Yüz ifadesinde mızır bir gülüş hakimdi.

"Yok be oğlum, bakıyorum işte" dedi Alper umursamaz bir tavırla.

"Alper, yeme beni, ben anlarım, sen de bir iş var. Âşık mı ol-dun sen bu kıza?" dedi Engin tek gözünü kırparak.

Engin'in anlamış olduğuna ikna olan Alper,

"Hem de nasıl oğlum. Sabahtan beri kaç kez geçtim evin önünden" bir çırpıda itiraf etti âşık olduğunu.

"Sen demek ki sabah bu yüzden bakkala gittiğinde geç dön-dün."

"Tanıyor musun bu kızı?" dedi Alper merakla.

"Alper bende ilk kez görüyorum. Bu eve geçen sene Alman-ya'da yaşayan bir aile geldi. Bazı tadilatlar yaptıktan kısa bir süre sonra evi kapatıp gittiler. Fakat bunlar kimdir, kimlerdendir bil-miyorum."

"Öğrenmemizin bir yolu var mı?"

"Olmaz mı dostum" derken kurnaz bir şekilde sırıtan Engin'in bu tavrından Alper, kızla tanışması için ona yardım edeceğini anlamış, böylece Engin rakip olmaktan çıkmıştı. Bu durum Alper'in keyfini yerine getirmekle kalmadı, aynı zamanda Engin güvenebileceği bir dost yolunda kalbine doğru ilerlediğini hissetti.

"Hadi o zaman gidelim" dedi Engin, Alper'in sırtına hafifçe dokunarak.

"Nereye?" dedi Alper.

"Kafeye, güzel bir planım var, orada anlarsın" dedi Engin. Beraber kafeye doğru yürüdüler.

Kafenin kapısından içeri girdiklerinde arkadaşları masada oturmuş sohbet ediyorlardı. Engin onlara yaklaşarak selam verdi. Aralarında bulunan, sitede en güvendiği arkadaşı Sevgi'ye gözüyle yan masaya geçmesini işaret etti. Alper'in de kolundan tutarak yanına çekti. Üçü masaya oturduklarında Engin hemen lafa girdi,

"Sevgi senden bir şey istiyoruz."

"Nedir o Engin?" diye merakla cevap verdi Sevgi.

"11 numaraya yeni bir aile gelmiş. İki kızları var. Birisi küçük, diğeri bizimle yaşıt."

Kız lafını duyar duymaz Sevgi kaşlarını çattı. Kızgın bir ifade ile Engin'e bakıyordu. Bu bakış Alper'in gözünden kaçmadı. Engin onun bakışlarına aldırmıyor, anlatmaya devam ediyordu.

"Kardeşim Alper, 11 numaraya taşınan ailenin büyük kızına âşık olmuş."

Engin'in Alper'den "kardeşim" diye bahsetmesi ilkti ve Engin onu bu sözüyle çok ayrı bir yere koymuştu. Sadece Alper'e mi bunu söylüyor, yoksa diğer arkadaşlarına da mı bu şekilde hitap ediyordu, zamanla anlayacaktı.

"Sevgi senden isteğimiz o kızla tanışıp Alper'le arasını yapmak."

"Bu sanki çok kolay bir şeymiş gibi bahsediyorsun Engin" dedi Sevgi.

Alper çaresiz bir şekilde aralarındaki konuşmayı dinliyor, kalabalık bir ortamda olduklarından utancından kulakları kızarıyordu. "Sabah harekete geçelim" dedi Engin. Sevgi, "Tamam, öyle olsun bakalım, halletmeye çalışırım" dediğinde, gözleri parlayan Alper o anda belki de dünyanın en mutlu ve bir o kadar da umutlu insanıydı. Kendinden emin tavırlarla konuşan Sevgi'nin bu işi başaracağına da emindi.

O gece çok geç olmadan eve döndü. Bir önceki günü taşınma telaşını atamadan o günün yorgunluğu da üzerine eklenince bir hayli bitkin düşmüştü. Bir an önce yatağa uzanıp dinlenmek ve âşık olduğu kızı düşünerek uyumak istiyordu. Eve gelir gelmez odasına girdi, ince şortunu ve yatarken kullandığı atleti giyerek yatağa uzandığında kızın pürüzsüz, güzel yüzü gözünün önüne geldi. Daha adını bile bilmediği güzel kız onu çok etkilemiş, şimdiden kızla ilgili birçok hayal kurmaya başlamıştı bile. Bir ara evlendiklerini bile düşündü. Alper'in görür görmez sevdalandığı ilk kızdı bu. Daha önce böylesine yoğun bir duygu yaşamamıştı ve hiç hissetmediği bir sevgi seli içinde yüzüyordu. Onu kısa bir süre görmüş olması tüm bu duyguları yaşamasına yetmişti.

Yanındaki komodinin üzerinde duran kitabı alarak kaldığı sayfayı buldu. Kitap ayıracı kullanmaz, kaldığı sayfasının üst köşesinden bir parça kâğıdı kıvırırdı. Odanın tek lambalı sarkıt duyusunun altında kitabını okumaya başladı. Fakat henüz bir kaç sayfa okumuştu ki göz kapaklarının ağırlığına dayanamayarak uykuya daldı.

Jale Hanım akşam yemeği sonrası keyif çayını içtiği verandadan içeri girdiğinde Alper'in oda kapısının altından sızan ışığı gördü ve içeri girdi. Oğlunun uyuduğunu görünce onu uyandırmadan üstünü örttü, kitabı yavaşça göğsüne düşen elinden aldı ve ışığı kapatarak sessizce dışarı çıktı.

Alper'in büyük umut bağladığı ve hayattaki kaderini belirleyecek olan Sevgi, uzun zamandır ailesi ile birlikte siteye gelir, yazları burada geçirirdi. Genelde yaşıtları ile arkadaşlık yapar, tercihen kendinden küçüklerle takılmazdı. Sevgi'nin kumral teni kestane rengi uzun saçlarına uyum sağlıyor, koyu ela gözleri ve düzgün olan hafif kalın dudakları ile dikkat çekiyordu. Düzgün fiziği ile giydiği kıyafetleri kendine yakıştırıyor, bakımına özen gösteriyordu. Aynı zamanda çok düzgün konuşan, diksiyonu etkileyici, fakat pek gülmeyen, ciddi bakışlı, net konuşan bir kızdı. Net konuşma yeteneğini sadece Engin'e karşı kullanamıyordu. Engin'den hoşlandığını hiç söyleyememişti. Özellikle onunla konuşurken kelimelerine pranga vuruyordu.

Engin bazı zamanlar Sevgi'nin yanında başka kızlardan bahsediyor, Sevgi ise bu durumu çok kıskanmasına rağmen içine atıyordu. Sevgi'nin Engin ile geçirdiği bu dördüncü yazdı ve henüz ondan hoşlandığını, sevdiğini hatta deli gibi âşık olduğunu söyleyememişti. İstanbul'da yakın sayılabilecek mesafede oturduklarından okul döneminde bir kaç kez görüşmüşlerdi. İlk adımı Engin'den beklemiş, fakat karşılığını hiç alamamıştı. İşte şimdi zamanı gelmişti, basit ve etkili bir plan yaptı. Alper ile o kızın arasını yapacak, sonra Alper ile anlaşma yapıp, onun da Engin'le konuşmasını isteyecekti. Kendi aşkı, saadeti henüz tanımadığı bir kızın ellerindeydi. Kendi kaderini belirleyecek hiç tanımadık bir kızın henüz bunun farkında bile olmaması Sevgi'ye rahatsız edici geldi. Kim bilir ilerleyen zamanlarda kim kimin kaderini belirleyecekti.

Sevgi o sabah erken kalkarak kahvaltısını yaptıktan sonra hazırlanarak 4 nolu evlerinden çıkarak sahile doğru uzanan sitenin taşlı yolundan ilerlemeye başladı. 11 nolu evin önüne geldiğinde kızı gördü. Bu sabah bulutların arasından kendini ender gösteren güneşin verandaya vurması ile kızın altın sarısı saçları parlıyor, yüzünden sadelik ve doğallık akıyordu. "Alper'e bak sen, âşık olmakta haklıymış" diye düşünerek bulundukları evin bahçe kapısından içeri girdi.

Sevgi'yi fark eden kız ayağa kalkarak verandanın girişine doğru birkaç adım attı. Sevgi ona gülümseyerek

"Günaydın" dedi ve elini uzattı. Kızın yumuşak küçük eline Alper'den önce Sevgi dokunmuş oldu.

O sabah Alper heyecandan erken uyandı. Tekrar uykuya dalmak için birkaç kez sağa sola döndü fakat bu mümkün değildi. Böyle bir günde uyuyamazdı. Yatağında hafifçe doğrularak ışık dolan odanın penceresinden dışarı baktı. Havadaki bulutlar yağmurun habercisi gibiydi. Yandaki sitenin bahçıvanı elindeki makineyle çimleri kesmekle meşguldü. Bir süre onu izledi. Camı açtığında önce temiz hava içeri doldu, arkasından kesilen çimlerin kokusu odayı sardı. Temiz havayı birkaç kez içine çektikten sonra havanın serin olduğunu o sırada anladı. Erken kalkmasına rağmen kendini dinç hissediyordu. Uykusunu almış olmanın verdiği keyifle yataktan fırladı. Annesi Jale Hanım henüz yeni kalkmıştı yataktan. Annesine kahvaltıyı hazırlamakta yardım etti. Babası Mesut Bey de uyandıktan sonra kahvaltılarını salon ile mutfağı ayıran, bir tarafı duvara monte edilmiş olan masada yaptılar. Mesut Bey haftanın ilk iş günü olduğundan hazırlanıp servise binmek için evden çıktı. Kaç gündür televizyon izlemeyen, dünyadan bihaber olan Alper, sabah haberlerini almak için salondaki elli beş ekran televizyonu açtı. Birkaç kanal arasında gezdikten sonra haber sunan bir spikerde takıldı. Saçları düzgün taranmış, omuzları geniş ve tane tane konuşan kadın sunucu, yüz yaşındaki bir dedenin otuz sekiz yaşındaki sevgilisini kıskandığı için kendi üstüne benzin döküp yakmak istediğini anlatan bir haberi sunuyordu. Özünde trajik olan bu haberi gülümseyerek izledi. Birkaç haber daha izledikten sonra televizyonu kapattı. Aslında içi içini yiyor, biran önce dışarı çıkıp Sevgi'den neler olduğunu öğrenmek istiyordu. Fakat Sevgi'ye süre tanımalı, ortalıkta gözükmemeliydi.

Öğlen olduğunda Alper daha fazla dayanamayıp annesinin pazardan aldığı yeni şortu ve Galleria Printemps'dan çok beğenerek aldığı tshirtü giydi. Saçını tarayıp kendini dışarı attı. Az ilerdeki 11 nolu evin önüne geldiğinde verandaya baktı, fakat kimse yoktu. Diğer taraftan birisi sesleniyordu. Engin'in sesiydi bu. Öksürükle karışık,

"Alper gel dostum, gel" diyordu.

Alper, Engin'in oturduğu 27 nolu evin bahçesinden içeri girdi. Bu ev diğerlerinden farklıydı; dış cephesi kaliteli bir malzemeyle kaplanmış, verandanın tırabzanları parlak kromdan dizilmiş, pencereler ise çift camlı olarak yapılmıştı. Yer seramiklerinin kendi evlerindekinden daha kaliteli olduğu bir bakışta anlaşılıyordu. Engin kalın bir pikeye sarılmış halde yüzü sapsarı kesilmiş, zaten kumral olan teni daha da sararıp solmuştu.

"Engin, ne oldu sana?" diye merakla sordu Alper.

"Hiç sorma kardeşim. Gece bir mide bulantısı, bir kusma, sabahı sabah ettim. İçim dışıma çıktı yeminle."

"Geçmiş olsun. Şimdi iyi misin? Var mı yapabileceğim bir şey?"

"Yok kardeşim, sağ olasın. Bugün dinleneyim, kendime gelirim" demeye kalmadan Engin'in annesi içeriden çıkarak,

"Tabi tabi dinlen sen, sonra yine soğuk soğuk biraları iç, yine hasta ol, yine sabahı sabah et" diyerek Engin'in çok soğuk bira tüketmesine gönderme yaptı.

"Yok be anne, ne birası? Sahilde midye satıyorlardı, sanırım onlar dokundu."

"Engin yenmez öyle bilmediğin şeyler" diyerek elini bir kaç kez omzuna hafifçe vurdu Alper.

"Pisboğaz evladım bu çocuk. Ne görse yer. Temiz mi, pis mi diye hiç düşünmez" diyerek verandadan içeri girdi annesi. Engin bu sırada Alper'i kolundan tutarak kapının uzağına çekti.

"Kardeşim sabah hava almak için kapının önüne çıktım. Sevgi'yi kızla konuşurken gördüm. Bir süre konuştular. Daha sonra midem yine bulandı, tuvalete koştum. Döndüğümde Sevgi gitmişti, kız da verandada oturuyordu."

"Ne oldu acaba? Ne konuştular? Ulan yoksa kız Sevgi'yi tersledi mi?"

"Sen git öğren. Ben bugün çıkamam. Sanırım Sevgi kafededir. Hava serin, bugün sahile inmez o."

"Tamam, sağ ol Engin. Ben gidiyorum. Uğrarım yine sana."

"Sen git, ben dinleneceğim."

"Hadi kaçtım" diyerek kafeye doğru hızlı adımlarla ilerledi Alper. Her attığı adımda kalbinin ritmi de hızlanıyor, dizleri titriyordu. Kızın, Sevgi'nin yanında olma ihtimalini düşündü bir anda. Hayatında ilk defa bu kadar yoğun bir aşk duygusu yaşıyor, heyecanına engel olamıyordu. Kafenin kapısına geldiğinde kalp atışlarını kendisi bile duyuyor, nefesini toplayamıyordu. Birkaç kez havayı ciğerlerine doldurup boşaltarak sakinleşmeye çalıştı ve ağır hareketlerle kafenin kapısını açarak içeri girdi. Bilardo masasının yanında tek başına oturan Sevgi'yi gördü. Bu sefer hızlı davranarak yanına gitti. Sevgi başını kaldırdı ve sırıtarak Alper'e baktıktan sonra önünde duran kahvesinden bir yudum daha aldı.

Alper, Sevginin yanındaki boş bir sandalyeye oturdu, hayatının belki de en önemli haberini merak ediyordu,

"Sevgi, ne yaptın? Engin seni görmüş sabah. Kızla konuşmuşsun. Ne oldu? Ne dedi?"

"Alper, önce sakin ol" dedi Sevgi kahvesini tabağın içine bırakarak.

"Olamam Sevgi, olamam sakin falan. Lütfen bana iyi şeyler söyle lütfen!"

"Öncelikle kız çok güzel ve çok kibar. Gerçekten ben bile etkilendim."

"Sevgi ben görür görmez âşık oldum. Daha ne olsun?"

"Haklısın, kim görse aynı şeyi hisseder. Düşün yani ben kız olarak bunu diyorum. Neyse, şimdi ben sabah çıktım evden, veranda da tek başına oturuyordu. Gülümseyerek direk bahçe kapısından girip yanına gittim. O da beni güler yüzlü karşıladı. Konuşkan ve iyi bir kıza benziyor. Annesi ve kız kardeşi ile birlikte gelmişler. O ev Almanya'da yaşayan teyzesininmiş. Bu yaz teyzesi gelmeyeceği için bunlara 'Siz gidin' demiş. Tabi böyle bir teklifi kim geri çevirir, kabul etmişler. Yaz sonuna kadar buradalarmış. Şimdi sıkı dur, sana bir haberim var"

"Sevgi, kalbim duracak. Hadi söyle!"

"Yaşını sordum. 17 yaşındaymış. Bir kaç ay sonra 18'ine girecekmiş. Konuyu erkek arkadaş mevzusuna getirdim."

Alper, Sevgi'nin gözlerine yavru kedi gibi bakıyor, ağzı açık, nefes almadan dinliyordu. Sevgi konuşmasını sürdürerek,

"Senin gibi güzel bir kızı boş bırakmazlar. Sevgilin vardır herhalde dedim. Cevap hayır oldu!" dedi. Alper,

"Yaşasın işte bu. İlk seviyeyi geçtik. En azından şansım var" diyerek Sevgi'ye sarılmak istedi. Kollarını açıp ona doğru hamle yaptı ama sonra vazgeçince ortaya ilginç bir görüntü çıktı. Alper'in bu hareketine Sevgi de gülerek karşılık verdi ve devam etti,

"Gündüz işleri varmış, fakat akşam kafeye davet ettim ve kabul etti. Akşam kafeye gelecek. Bak Alper, ben aranızı yaparım. Bunu hissettim, olur bu iş. Sana elimden geldiğince yardım edeceğim. Ama sende bana yardım edeceksin. Benim de senden bir isteğim var."

Alper, Sevgi'nin söyledikleri karşısında şaşırıp kendini geri çekti ve merakla kaşlarını çatarak

"Nedir o?" dedi.

"Senden hemen hemen aynı şeyi istiyorum. Benim de aklımda birisi var ve ona yaklaşmam lazım. Bunu da senin yapmanı istiyorum. Ama aramızda kalacak bak!"

"Bahsettiğin kişiyi tahmin ediyorum. Engin bu kişi değil mi?" dedi Alper bilmiş bir edayla sırıtarak.

"Nereden anladın ki?"

"Dün Engin'e bakışlarından hissettim. Tamam Sevgi, ben de Engin'le konuşacağım."

"Hayır, kesinlikle direk konuşmak yok. Bunu asla yapma. Sadece onun beni fark etmesini sağlayacaksın. Yani aklına ince ince işleyeceksin."

"Hımm, anladım. Tamam, sen hiç merak etme. Bu sır aramızda kalacak. Ben de bu işi halledeceğim" dedi Alper emin bir tavırla.

"Sağ ol Alper, sana güveniyorum" derken Sevgi umut dolu gözlerle Alper'e bakıyordu. Alper, Sevgi'ye birkaç kez teşekkür ederek Engin'in yanına gitmek için masadan kalktı. Tam o sırada aklına geldi. Kızın ismini sormamıştı. Bir anda Sevgi'ye dönüp,

"Kızın adını sormadım!" dedi Alper kaşlarını kaldırarak.

"Merve..."

MERVE

1

Hayat kimilerine merhametli davranırken kimilerine de acımasız oluyordu. Henüz on yaşındayken babasını kaybeden Merve, hayatın acımasız tarafı ile çok erken yaşta tanışmıştı. Babası çiftçiydi. Çatalca'nın İhsaniye Köyü Çiftçiler Kooperatifi kredisi ile aldığı biçerdöverle, tarlasına ektiği mısırın hasadını aldıktan sonra, makinenin boğaz temizliği ile uğraşırken bir anda kendini makineye kaptırmış, beraber çalıştıkları can dostu Hüseyin'in tüm çabasına rağmen makinenin onu biçmesiyle tarlada feci şekilde can vermişti.

Eşinin ölüm haberini alan Fatma Hanım sinir krizleri geçirmiş, Merve ise üç yaşındaki kardeşi Emine etkilenmesin diye sürekli içine ağlayıp, onu olup bitenden uzak tutmaya çalışmıştı. Cenazenin defninden sonra Hüseyin, babasız kalan çocuklara destek olmuş, katil olan biçerdöveri satıp borcunu kapatmış, tarlaların ise kiraya verilmesinde yardımcı olmuştu. Eşine mezar olan tarlalara Fatma Hanım gitmek istememiş, kiraya verilip geçinebilecekleri kadar gelir elde etmek için Hüseyin'den yardım istemişti. Hüseyin isteneni yapmış, böylece aile elde ettiği kira geliri ile kimseye muhtaç olmadan hayatını sürdürmeye başlamıştı.

Her ne kadar Fatma Hanım kızlarına baba duygusunun eksikliğini hissettirmemeye çalışsa da Merve'nin daha ilkokul çağında babasız kalması zamanla onu olgunlaştırmıştı. "Artık hiçbir şey beni mutlu edemez" diye düşünen Merve, yıllar geçtikçe bu duruma alışmış, babası daha az aklına gelir olmuştu, fakat onu her hatırladığında gözlerinden süzülen yaşlar hiç dinmemişti.

Merve, öğretmenlerinden takdir toplayarak, derslerinde yardımcı olduğu kardeşi ile birlikte başarılı bir eğitim hayatı geçiriyordu. Lise yıllarına geldiğinde ise iyice serpilerek uzun boylu, güzel yüzlü, alımlı bir kız olmuş, yaşadıkları bin beş yüz nüfuslu İhsaniye köyünde epeyce dikkat çeker hale gelmişti. Yaşıtı erkek çocuğu olan aileler ona geleceğin gelini gözüyle bakmaya başlamışlardı bile. Ev oturmalarında Fatma Hanıma Merve'nin yaşlarında erkek çocuğu olan kadınlar iltifatta bulunur, güzel sözler söyler, sadece kızları olan kadınlar ise Merve'nin çok dikkat çektiğini, tedbirli olmasını isteyerek kıskançlıklarını her fırsatta belli ederlerdi. Fatma Hanım bu sözlere hiç aldırış etmez, kızları için sürekli hayır duaları ederdi.

Açık tenli, uzun boylu ve güzel bir kadın olan Fatma Hanımın, otuz üç yaşında dul kalması hem yaşadığı köyden hem de çevre köylerden taliplerinin çıkmasına neden oluyordu. Arkadaşları ona ara sıra haber getirir, talip olanları kulağına fısıldarlardı. Ama her seferinde Fatma Hanım, çöpçatanlara tekrar evlenmeyi düşünmediğini, kızlarının başına üvey baba getirme fikrinin doğru olmadığını söylerdi. Hayatını kızlarına adamış, eşinden miras kalan mallarla yetinmeyi bilmişti.

Tutumlu ve hesaplı olan Fatma Hanım Çatalca ilçesi değer kazandıkça tarlalardan daha fazla kira alıyordu ve elde ettiği gelir üç kişilik bu aileye rahat rahat yetiyordu. Bu özelliğini kızlarına da aşılayarak paralarını dikkatlice harcayıp, ne gezmelerinden ne de giyim kuşamlarından eksik kalıyorlardı. Kendilerine kurdukları düzenle onları tanıyan dostlarının takdirini kazanmışlardı. Fakat bu rutin hayat Merve'ye yeterli gelmiyordu.

Ergenlik çağına giren Merve, liseden arkadaşları ile buluşarak, genelde köyün dışına çıkıp Çatalca merkeze veya Büyükçekmece sahiline gidiyorlardı. Yaşadıkları çevre onlara dar geliyor, yaşları büyüdükçe sosyal çapları da genişliyordu. Genelde kız kıza takılıyorlar, erkeklerle gezmek isterlerse ilçenin uzağına gitmeyi tercih ediyorlardı. Köy yerinde ışık hızıyla yayılan dedikodulardan birçok kız nasibini almıştı. Aileler bu durum karşısında çocuklarını sıklıkla uyarıyorlardı.

Merve, arkadaş ortamındaki sohbetlerde ekonomi ve özgürlük açısından daha rahat bir hayat istediğini dile getiriyordu. Liseden sonra üniversite okumak, daha sonrasında ise kariyer basamaklarını tırmanacağı bir işi olsun istiyordu. Böylece kendi kararlarını kendisinin verebileceği bir hayata sahip olup hem annesine hem de kardeşine destek olabileceğini düşünüyordu. Bunun için çok çalışıyor, üniversiteye hazırlanıyordu.

Lise son sınıfa kadar Merve'nin ciddi anlamda bir erkek arkadaşı olmamıştı. Bazı çocuklar Merve'ye flört teklif etmiş fakat Merve hepsini geri çevirmişti. Güzelliğinin farkında olması ona özgüven sağlıyordu ve annesinin tavsiyeleri neticesinde erkeklere güvenmemesi gerektiğini de biliyordu. Ta ki Cemal ile tanışana kadar.

Ayrı sınıfta okuyan Cemal okul teneffüslerinde Merve'nin yanından ayrılmamış, onunla her konuda sohbet etmiş, sınav öncesi okul etütlerinde bir araya gelerek ders çalışmasında yardımcı olmuştu. Merve, nazik, kibar, sevecen tavırları ile kalbine girmeyi başaran ve güvenini kazanan Cemal'den çıkma teklifi aldığında, ilk defa bir erkeğe "Evet" cevabını vermişti. Üstelik bunu Cemal'in mavi gözlerine bakarak söylemiş ve âşık olmuştu. Babasının ölümünden sonra Hüseyin dışında ilk defa bir erkeğe güven duymuştu. Bu duygu ona aşk yolunu da sonuna kadar açmıştı.

Cemal çiftçilikle geçinen bir ailenin tek çocuğuydu ve sıklıkla bunun avantajını yaşıyordu. Bir dediği iki edilmiyor, babası hasat zamanı geldiğinde kazancının bir miktarını Cemal'e harçlık olarak veriyordu. Bu para ona yıl boyunca yetiyor, hatta artıyordu bile. Babasının sahibi olduğu verimli topraklar üç kişilik bu aileyi çok iyi besliyordu. Cemal'in ekonomik yönden zengin olması onu arkadaşlarından ayırıyor, bazı ortamlarda avantaj bile sağlıyordu. Bu durum Merve'ye doğru oranda yansımış; ona aldığı hediyeler, sürprizler karşısında Merve, Cemal'e daha da yakınlık göstermeye başlamıştı. Aralarındaki aşk gün geçtikçe artarak bu iki gencin vücudunu bir sarmaşık gibi sarmaya başlamıştı.

Güneşli bir İstanbul gününde ikisi de okulu asarak matematik, fizik ve beden eğitimi dersleri yerine Büyükçekmece sahilinde buluşmayı tercih etmişlerdi. O gün Cemal bütün cesaretini toplayıp önündeki hayat planlarının içinde Merve'nin de olduğunu söylemişti. Duyduğu cümlelerin etkisiyle ve sevinciyle Merve o gün ilk defa Cemal'e sarılarak, omzuna başını yaslamış, uzun bir süre sessiz kalmışlardı. Merve babasından sonra ilk defa bir erkeğe sarılmıştı. Özgürce el ele tutuştukları o gün sahilde yürürken Merve bir anda Cemal'e doğru dönüp onu çok sevdiğini söylemiş ve yine ilk defa bir erkeği dudaklarında öpmüştü.

Artık daha sık görüşüyorlardı. Her fırsatta birbirlerine koşuyorlar, köyün kuytu köşeleri onların aşk yuvaları haline geliyordu. Arkadaşları, Merve'nin yaşadığı gizli aşkı bir süre sonra fark etmişlerdi. Merve çok detaya girmeden onlara Cemal'den bahsetmek zorunda kalarak, ağızlarını sıkı tutmaları konusunda defalarca uyarmıştı. Fakat kızlardan birisi boşboğazlık yapıp ailesine tüm olup biteni anlatınca köy yerinde hızla yayılan bu dedikodu Fatma hanımın kulağına kadar gelmişti. Fatma Hanım olup biteni öğrendiğinde önce inanmamış fakat Merve'yi sıkıştırıp konuşturduktan sonra söylenenlerin doğru olduğunu anlamıştı. O güne kadar kızlarına elinden geldiğince anlayışlı davranan Fatma Hanım, bu sefer Merve'ye dedikodular konusunda çok kızarak aşk ilişkisi için daha yaşının küçük olduğunu söylemişti. Hemen Cemal'den ayrılması, çocuğa ümit vermemesi, eğitimini en iyi şekilde tamamlayıp kendini geliştirmesi konularında sert uyarılarda bulunmuştu. Merve mahalle baskısını bir hamalın daha fazla para kazanmak için haddinden fazla sırtına yük alması gibi üzerinde hissetmeye başlamıştı. Bu yük ona her geçen gün daha da ağır geliyordu.

Türlü bahaneler uyduran Merve kısa süre içerisinde Cemal'le olan buluşmalarını seyrekleştirmişti. Durumdan rahatsız olan Cemal'in de baskıları, Merve'yi içinden çıkılamaz bir psikolojiye sokmuş, olup bitene daha fazla dayanamayarak Cemal'den ayrılmaya karar vermişti.

Merve ayrılık isteğini okulun son haftası Cemal'e söylemiş, duydukları karşısında hayal kırıklığı yaşayan Cemal, Merve'ye beraber kaçma teklifinde bulunmuştu. Merve henüz reşit olmamasında dolayı bu fikrin başlarına iş açmasından korkarak, ayrıca Cemal'e de zarar vermemek için onu istemeyerek de olsa ret etmek zorunda kalmıştı. Ayrılık kararını söylediği köyün en ücra yerinden evine giden uzun patika yolu hıçkırıklarla ağlayarak yürümüştü Merve. Fakat bu evine giden en zor yürüyüşü değildi.

2

Merve, son üç gününde okula gitmedi. Annesi ısrar etse de kararından vazgeçmeyerek evden dışarı adımını bile atmadı. Korkuyordu; Cemal'le karşılaşmaktan, onun gözlerine bakmaktan ya da Cemal'in kendisine kötü sözler söylemesinden korkuyordu. Karne almaya kardeşi Emine'yi gönderdi. Rehber Öğretmeni Merve'yi sorduğunda Emine, ablasının hasta olduğunu, çok halsiz düştüğünü söyledi. Elbette bu bir yalandı. Merve, kardeşine ne söyleyeceğini sıkıca tembih etmişti. Öğretmeni telaşlanarak okulun son günü akşamı Merve'yi ziyaret etmeye karar verdi. Okul çıkışında doğru Merve'nin evine giden öğretmen kapıyı çaldı. Kapıyı açan Fatma Hanım karşında Merve'nin rehber öğretmenini görünce şaşırdı. Merve o an odasında uyuyor, Emine ise yan komşudaki akranı ile oyun oynuyordu. Fatma Hanım öğretmeni içeri davet etti. Birlikte mutfağa geçtiler. Öğretmenin oturması için Fatma Hanım mutfaktaki masanın bir sandalyeyi çekerek buyur etti. Merakla öğretmenin gelme nedenini sordu. Öğretmen Emine'den duyduklarını Fatma Hanıma anlattı. Aslında Fatma Hanım her şeyin farkındaydı ve kızının gururunu kırmamak için onun hasta olduğunu odasında uyuduğunu söyledi. Fatma Hanımın her sene evin bahçesinden topladığı vişneyle özenerek yaptığı şerbetten için öğretmen, Merve'ye selam ileterek evden ayrıldı. Fatma Hanım yaşanan moral bozucu bu duruma kendisinin sebep olduğunu biliyordu fakat tek derdi kızını korumak ve onun geleceğini düşünmekti.

Rehber öğretmen gittikten bir süre sonra Fatma Hanım Merve'nin yanına çıktı. İki katlı köy evlerinin üst katındaki misafir odasının yanındaki oda Merve'nin odasıydı. Kapıyı hafifçe tıklattı eliyle. İçeriden ses gelmedi. Tekrar vurdu kapıya,

"Merve, kızım, içeri giriyorum" diyerek yavaşça odanın kapısını açtı ve içeri girdi. Merve yatakta derin bir uykudaydı ve yanı başında yere atılmış, ıslanıp kurumaktan buruşmuş mendilleri gördü. Kızının ağlamaktan yorgun düşüp derin bir uykuya daldığını anladığında Fatma Hanımın hafif çıkık yanağından bir damla gözyaşı süzüldü ve onu bir damla yaş daha takip etti. İki elinin üst tarafıyla gözlerinde biriken yaşları dağıttı ve sessizce odadan çıktı. Tekrar aşağı inip mutfağa girdi. Büyükçe bir bardağa su koyduktan sonra mutfak masasına oturup başını avuçlarının arasına aldı.

"Ben böyle olsun istemedim kızım, içim parçalanıyor" diyerek bir süre sessizce ağladı. Kızının içine düştüğü bu ruh halinden çıkaracak, köyden uzaklaştıracak bir şey bulmalıydı. Mutfağın loş ışığında bir süre düşündükten sonra aklına Almanya'da yaşayan kız kardeşi geldi. Geçen sene sonuna doğru bir yazlık almıştı. Ve daha geçen hafta konuştuklarında bu sene Türkiye'ye gelmenin zor olacağını, gelebilseler bile senenin sonunu bulacağını söylemişti. Almanya'nın Stuttgart şehrinde çalıştığı beyaz eşya fabrikası o sene birçok işçi çıkartarak daha dar bir kadro ile aynı verimi almaya gayret ediyordu. Bu nedenle izinler bir süre askıya alınmıştı. Gerçekten acil durumu olanlar izin alabiliyordu ve bu izinler de kısa süreli oluyordu.

Fatma Hanım kız kardeşini telefonla arayarak olup biteni kısaca anlattı. Doktor tedavileri ile çok uğraşmasına rağmen çocuk yapmayı başaramayan teyzesi, Merve ve Emine'yi kendi kızları gibi severdi. Fatma Hanım, kardeşinin geçen sene satın aldığı ve ufak tefek tadilatlar yaptıktan sonra kapatıp gittiği yazlığından bahsetti. Merve'yi oraya götürüp köyden, Cemal'den, arkadaşlarından uzaklaştırırsa olup biteni unutmasa bile yüreğindeki yangının az da olsa hafifleyebileceğini düşünüyordu. Kız kardeşi Merve'nin durumuna üzülerek,

"Tabi ki abla, lafı bile olmaz, hemen gidebilirsiniz. Zaten anahtar sizde" dedi.

Aldığı cevap karşısında içi biraz olsun ferahlayan Fatma Hanım kardeşine defalarca teşekkür ederek telefonu kapattı. Bu esnada kapı çalındı. Gelen Emine'ydi.

"Anne karnım çok acıktı" diyerek içeri giren Emine

"Hadi koş ablanı uyandır, aşağı gelsin. Ben sofrayı hazırlıyorum" cevabını aldı annesinden.

Yemek masasında sessizlik hakimdi. Kimse konuşmuyor, herkes önündeki yemeğe bakıyordu. Sessizliği bozan Fatma Hanım, Merve'ye nasıl olduğunu sordu. Merve içinden geçenleri söylemek istemedi. Bugüne kadar annesine saygısızlık yapmamış, onu hiç üzmemişti. Cemal ile ayrılmasının sorumlularından birisinin de annesi olduğunu düşünüyordu. Ona içinden geçen cevabı verse kalbini kırar, canını acıtırdı. Fakat iyi olduğunu, toparlayacağını söyledi.

Yemeğin bitimine yakın Fatma Hanım kızlarına yazlık konusunu açtı. Emine, annesini duyar duymaz havalara uçtu. Merve ise sakin karşıladı annesinin fikrini. Köyde kalmanın kendisini mutsuz edeceğinin ve melankoli halinin daha da artacağının farkındaydı. Kısa bir plan yaparak iki gün sonra yazlığa gitmeye karar verdiler.

Merve içinde bulunduğu on yedi yaşına kadar, ailece gittikleri günü birlik sahil gezilerini ve Büyükçekmece'deki kaydırakları bol olan havuzu saymazsak, doğru düzgün bir tatil yapmamıştı. Bu nedenle üç ay kalacağı yazlık tatili için birçok eksiği vardı. Tabi ki bu eksikler sadece Merve için değil kardeşi ve annesi için de geçerliydi. Fatma Hanım tasarruf yaparak biriktirdiği paranın bir miktarını Merve'ye verdi. Kendisinin ve kardeşinin ihtiyaçları için alışveriş yapmasını, bunu da bir gün içerisinde halletmesini söylemişti. Çünkü hemen toparlanıp yazlığa gitmek istiyordu. Parayı alan Merve, Hüseyin amcasından yardım istedi. Hüseyin can dostu olan merhum arkadaşının kızını geri çeviremezdi.

"Başım üstüne" demişti Merve'ye. Fatma Hanım yazlık eve gideceklerini Hüseyin'e bahsetmiş, hatta panelvan minibüs ile pazar günü onları Kumburgaz'a götürmesini söylediğinde de aynı cevabı almıştı. Merve, kardeşini yanına alarak iki sokak ileride oturan Hüseyin'in evine doğru yürüdü. Hüseyin kızları bekliyordu. Beraber panelvana binerek yola koyuldular. Emine mutluydu ama Merve'nin yüzünden düşen bin parçaydı. Bir süre yol gittikten sonra Hüseyin dayanamayarak Merve'ye neden üzgün olduğunu sordu. Merve,

"Boş ver Hüseyin amca, bugün üzgün olurum yarın mutlu" diyerek cevap verdi. Aldığı cevap karşısında Merve'nin bir sıkıntısı olduğunu anlayan Hüseyin,

"Sana bir olay anlatayım" dedi Merve'ye bakarak.

"Anlat Hüseyin amca" dedi Merve.

"Rahmetli Ahmet sizi çok severdi" diyerek söze başladı. Babasının ismini duyan Merve, Hüseyin'e dikkat kesildi. Emine ise çoktan ablasının kucağında uyumuştu. Hüseyin devam etti,

"Bir gün köyün muhtarı bizi çağırdı. Babanla beraber vardık muhtarın yanına. 'Oturun' dedi, karşısına oturduk. Başladı konuşmaya; 'köyümüz böyle güzel, şöyle güzel, böyle kalkınacak, şöyle şeyler olacak.' Biz hikâye dinler gibi dinliyoruz ama işin nereye varacağını da merak ediyoruz. Muhtar kendini ve köyü yağlayıp balladıktan sonra, 'sizin tarlalardan yol geçirmek istiyorlar' deyiverdi. Baban, 'başka yer mi yokmuş, bula bula bizi mi buldular' diye çıkıştı muhtara. Muhtar tarlaların değeri neyse verileceğini, mağdur olmayacağımızı söyledi ama değer dediği şeyin tapuda gözüken rayiç bedel olacağını üçümüz de biliyorduk. Biz alacağımız paraya tarlalarımızın onda biri kadar toprak alamazdık. Çünkü tapuda yazan miktarlar tarlanın gerçek değerinin çok çok altındaydı. İstimlak işlerinin başlayacağını söyleyip, 'isterseniz ekinlerinizin hasadını yapın' diyen muhtara, 'olmamış ekini ne yapacağız? Sen bizimle dalga mı geçiyorsun muhtar' diye cevap veren baban, oturduğu koltuktan kalktı. Bende hemen arkasından kalktım ve kapıya doğru yöneldik. Kapıyı sertçe açtı baban, kapıdan çıktık ve daha sert bir şekilde kapıyı kapattık. Moralimiz çok bozulmuştu. Muhtarlığın yanındaki banka oturup birer sigara yaktık. Ağzımızı bıçak açmıyordu. Uzun bir süre orada sessizce bekledik. Sonra baban bana, 'bize gel, yemek yiyelim, oturur konuşuruz' dedi. Beraber yürürken art arda ikişer sigara daha içtik. Yol boyunca ağzımızı bıçak açmadı, yüzümüzden düşen bin parça evinizin kapısına geldik. Baban kapıyı anahtarla açtı, annen o sıra Emine'ye hamileydi. İçeriden 'Babaaa' diye koşarak sen geldin. İşte o an baban hiçbir şey olmamış gibi canlandı, yüzünde gülücükler açtı, seni kucağına aldı, döndürdü, öptü, kokladı. Sana gününün nasıl geçtiğini, evde neler yaptığını sordu. Bunları yaparken biraz önce belki de tüm hayatını etkileyecek haberi alan insan o değilmiş gibi seninle ilgilendi. Hemen oyun oynamak istedin, seni geri çevirmedi. Bir süre sizi izledim. Ahmet, baba olmanın ne demek olduğunu o gün gösterdi bana.

Gerçi ben bu duyguyu hiç tatmadım ama sizleri görünce sanki ben baba duygusunu yaşıyor gibiydim. Baban hayatında ne yaşarsa yaşasın size hiç yansıtmadı. Sen onu hep mutlu gördün ve hep böyle hatırlayacaksın."

Hüseyin'in anlattıklarını dinlerken Merve'nin gözünden yaşlar süzülüyor, o anlar aklına geliyordu. Hüseyin'in ne anlatmaya çalıştığını anladı. Merve de kardeşi için bunu yapmalı, dirayetli olup üzüntü yaşasa bile bunu belli etmemeliydi.

"Sonra ne oldu?" diye sordu Merve.

"Biz hasadı almadık, ekinlerin olgunlaşmasını bekledik. İyi ki de öyle yapmışız, çünkü yaklaşık iki ay sonra muhtar karayollarının projeyi iptal ettiğini ve yolun köyün kuzeyinden geçeceğini söyledi. Eğer muhtarın dediklerine uysaydık hasattan da olacaktık. Baban o gün bu mutsuz haberi sana yansıtsaydı sen de mutsuz olacaktın. Umarım beni anlıyorsundur. Su akar yolunu bulur güzel kızım. Sıkıntın her neyse sen üzme kendini elbet bir yolu bulunur" demişti Hüseyin.

"Evet, bir yolu mutlaka bulunur ve bulacağım da" diyerek kafasına sallayan Merve gözündeki yaşları sildi.

3

O günün sabahı erkenden yataktan kalktılar. Fatma Hanım önceki gün evde bazı hazırlıklar yaparak, kız kardeşinin söylediği nevresim takımı, masa örtüsü gibi eksikleri tamamlamıştı. Kahvaltıları bitmek üzereyken Hüseyin kapıyı çaldı. Fatma Hanım, Hüseyin'i içeri davet etti ve kahvaltı sofrasına oturttu. Çayını koydu, tabağını hazırladı. Hüseyin tabağındakileri afiyetle yedi. Fatma Hanım yaptığı hazırlıklarında poğaça, kek ve börek vardı. Bir kısmını kahvaltıda yemek için ayırmıştı, diğerlerini de kapalı kaplara koyarak yazlığa götürmek üzere paketlemişti. Fatma Hanımın tabağına koyduğu hamur işlerinin hepsini yiyen Hüseyin, tıka basa doyduktan sonra bir çay daha içip teşekkür etti. Eşyaları panelvana beraber yerleştirdiler. Merve'nin aklında sabah kalktığından beri Cemal vardı. "En azından gideceğini bilse iyi olur" diye düşünüyordu. Fakat bunu ona söylemeye bile fırsat bulamamıştı. Fatma Hanım ise kimseye hiçbir şey bahsetmemiş, yazlığa gittiklerini kimse bilsin istememişti. Merve'yi köyden tamamen soyutlaştırmak istediğinden, hemen karar verip harekete geçmişti. Fakat Merve bir şekilde yazlığa gittiğini Cemal'e duyurmalıydı. Annesi, onu iki gün boyunca yalnız bırakmadığından evden telefon açmaya fırsatı olmamıştı. Aklına başka bir şey geldi Merve'nin. Odasından bir sayfa kâğıt ve kalem aldı, tuvalete girme bahanesi ile Cemal'e kısa bir mektup yazdı. Kâğıdı katladı ve cebine koydu. Götürecekleri tüm eşyaları yerleştirme işi bittiğinde Merve, annesine aynı sokakta oturan en yakın arkadaşına "hoşça kal" demek istediğini söyledi. Fatma Hanım bu isteğini kabul ederek, nereye gittiklerini söylememesi konusunda sıkı sıkı tembih etti. Merve koşa koşa arkadaşının evine giderek kapısına dayandı ve zili çaldı. Hafta sonu sabah erken saatte uyanıp kapıyı açmaları uzun sürdü. Bu sürede sabırsızlanan Merve ayak parmak uçlarında yükselip alçalıyordu. Kapıyı Fatoş'un annesi açtı. Merve'yi görünce şaşırarak,

"Kızım hayırdır sabah sabah, bir şey mi oldu" diye sordu. Merve,

"Yok hayır, Fatoş'la konuşabilir miyim" diyerek izin istedi.

"Tabi, içeri gir. Fatoş odasında uyuyor. Git istersen odasına bu kadar önemliyse" dedi kadın bozulmuş bir ifadeyle.

Merve, kadına aldırış etmeden ayakkabılarını çıkartıp Fatoş'un odasından içeri girerek kapıyı kapattı. Kapının sesine uyanıp karşısında Merve'yi gördüğüne şaşıran Fatoş,

"Merve ne işin var kızım sabah sabah" derken uykulu yarı açık gözlerle Merve'ye bakıyordu.

"Fatoş, çok vaktim yok. Ben üç ay köyden uzaklaşıyorum. Burada olmayacağız. Sen bu mektubu Cemal'e ver. Ama lütfen ona ulaştır, bu çok önemli" derken cebinden çıkardığı mektubu Fatoş'un avucuna koydu.

"Tamam, veririm mektubu, merak etme de sen nereye gidiyorsun?"

"Sonra ararım seni, anlatırım. Unutma lütfen bunu, hadi hoşça kal" diyerek Fatoş'un yanaklarından öptü ve odadan çıktı. Kapının önüne kadar geldi ve ayakkabılarını aldı. Fatoş'un annesi ortada yoktu. Usulca kapıyı açtı, ayakkabılarını giydi ve evin kapısını çekip çıktı.

Hüseyin ve Emine panelvana binmiş, annesi ise evin kapısını kilitlemekle meşguldü. Merve,

"Anne bende geçiyorum" diye seslenerek panelvanın camsız olan arka koltuğuna geçti. İçinde yazdığı mektubun Cemal'e ulaşacağının rahatlığı, gidiyor olmanın hüznü, yazı geçireceği yeni bir yerin sevinci vardı. Tüm bu karmaşık duygular içinde Hüseyin arabayı hareket ettirdi. Kısa bir süre sonra köyden çıktılar ve Kabakça köyüne doğru yol aldılar. Henüz asfaltlanmamış köy yolları oldukça bozuk ve dardı. Köyden uzaklaştıkça anılardan da uzaklaştığını hissetti Merve. Uzun yolculuklarda hep böyle olur, içini tarif edemediği, hüznün ve huzurun birleştiği garip bir duygu kaplardı. Başını arkaya yaslayıp gözünü kapattığında Cemal'den ayrılmak istediği o an ve Cemal'in gözleri geliyordu aklına; ona bakan derin mavi gözleri... Radyoda çalan şarkıyı duydu. Daha birkaç ay önce piyasaya çıkan, ortalığı kasıp kavuran şarkının sözleri Merve'nin kalbine bir ok gibi saplandı. Babasının ölümünden sonra ilk defa kalbinin bu kadar acıdığını hissetti.

"Eski ve yırtık ve solgun ve durgun
Ama duvarımda bak atamam sevdalı resimleri
Ah, zamansız eridik, tükendik
Neden, böyle apansız kimlere yenildik ve eskidik.

Son bakışın duruyor gözümde
Bir alev gibi deli mavi
Son gülüşün duruyor yüzümde
Çok sevenlerin deli hali.

Söz, sana yemin sana söz
Kör olayım yalansa

61

Değmedi değmez gözüme
Başka renkte iki göz... [1]

Şarkı bittiğinde gözündeki yaşları eliyle silerek koltukta doğruldu. Birkaç kez derin nefes alarak dikkatini başka bir yere vermeye çalıştı. Sadece arabanın ön camından dışarıyı izleyebiliyordu. Az ileride Çatalca tabelasını gördüğünde "Hüseyin amca, daha ne kadar yolumuz kaldı" diye sordu Merve. "Yarım saatlik yolumuz var güzel kızım" diye cevap verdi Hüseyin. Yolun bazı yerlerinin bozuk ve dar olması onları yavaşlatıyordu. Hüseyin bu yolları çok gidip gelmiş olmasına rağmen yine de dikkatli bir şekilde sürüyordu arabayı.

Merve köyden uzaklaştıkça kendini daha iyi hissediyor, radyoda çalan şarkıyı saymazsak huzurlu bir yolculuk yapıyordu. Yeni insanları tanıma isteği, orada uzun bir süre geçirecek olması onu rahatlatıyor ve teyzesinin yazlığına yaklaştıkça içindeki heyecan da artıyordu. Gittikleri yol ona terapi uyguluyordu.

Yaklaşık kırk dakikalık bir yolculuk sonrası sitenin kapısına vardılar.

"İşte burası abla" diyerek arabadan inen Hüseyin, belinden hafif düşmüş olan pantolonu çekiştiriyordu. Fatma Hanım ve Emine ön kapıyı açıp indikten sonra sitenin giriş kapısına doğru yöneldiler. Onları Merve takip etti. Emine,

"Abla, burası ne kadar güzel bir yer" diyerek Merve'nin elini tuttu. Merve kardeşi ile birlikte annesinin peşi sıra yürürken bakkalın önünde yaşıtı genç bir çocuğun kendisine dikkatlice baktığını fark etti. Esmer, siyah saçlı, kara gözlü, uzun boylu bir

---

(1) Yeşim Salkım – Deli Mavi

delikanlıydı. Göz ucuyla ona bakarak siteden içeri doğru girdiler. Fatma Hanım,

"11 numara" diye sesledi. Hüseyin ise,

"İleride olmalı" diyerek en önde Arnavut kaldırımı ile döşenmiş sitenin yolunda ilerledi.

11 nolu evin önüne geldiklerinde güneş, masmavi gözüken denizin üzerinde adeta dans ediyordu. Giriş kattaki evin geniş verandası ve içerisinde rahatlıkla dört kişinin kalabileceği iki odası vardı. Bahçeden kapıya doğru ilerleyip tozlanmış kapı kolçağından tutarak, elindeki anahtarla kapıyı açıp içeri giren önce Fatma Hanım oldu. Giriş kapısı direk salona açılan evin tabanı da tozlanmıştı. Ayrıca içerisi uzun zamandır hava almadığından dolayı rutubet kokuyordu. Her ne kadar yerler tozlu olsa da ayakkabılarını çıkartıp içeri girdiler. Annesi Emine'ye,

"Sen içeri girme, burası çok tozlu, biz ortalığı temizleyene kadar dışarıda oyalan" dedi.

Merve salonun lambasını açmak istedi, fakat ışık yanmadı. Önce evin elektriği kesik zannettiler. Fakat Hüseyin banyonun ışığının yandığını görünce salon ampulünün patlamış olabileceğini düşündüler.

"Ben hallederim" dedi Hüseyin tek ampullü sarkıta bakarak.

Amerikan mutfakla birleşik salonun bir duvarında kütüphane vardı. Birkaç kitap ve biblo koyulmuş kütüphanenin bazı rafları ise boştu. Toz rafları da kaplamıştı. Balkona açılan kapı içeriden kilitlenmiş, kütüphane olan duvarla kesiştiği köşede tek çekmeceli küçük bir sehpanın üzerinde televizyon vardı. Diğer duvarının önünde "L" şeklinde koltuk, yanında ise iç içe geçmiş üç adet zigon sehpa duruyordu. Evin içi daha geçen sene yenilenmiş olduğundan hiç kullanılmamış, mutfak dolapları ve tezgâh tertemizdi. Salonu mutfaktan ayıran bel hizasından biraz daha yüksekçe altı kapalı dolaplı bir tezgâh vardı. Tezgâhın üzerinde birkaç mutfak eşyası ile araç gereçler duruyordu. Evin bir banyosu vardı. Her iki odada toplam dört yatak vardı. Salondaki "L" şeklindeki koltuğun oturma tarafı açıldığında iki kişilik yatak olabiliyordu. Banyoda temizlik malzemelerinin olduğunu söyleyen Hüseyin, banyo dolaplarının içinde salonun patlayan ampulünün yerine yenisini arıyordu. Fatma Hanım, Merve ile birlikte hemen kolları sıvayarak temizliğe yatak odalarından başlamaya karar verdiler. Deterjanlar arka balkondaki küçük bir dolabın içine istiflenmişti. Hemen işe koyuldular, biran önce gerekli hijyeni sağlayıp diledikleri yaşam şartlarına geçmek istiyorlardı. Bu arada Hüseyin arabadan eşyaları taşımak için evden çıktı. Emine ise verandadaki fayans karolarından kendine sek sek oyun alanı yapmış, oynuyordu. Emine her şeyle oyun oynayabilen bir çocuktu ve bu meziyetini okulda, evde, alış verişte hatta annesinin katıldığı ev gezmelerinde bile gösteriyordu.

Merve, Hüseyin'i giriş kapısı açık olan salonda beklerken bahçenin dışından evin içine doğru bakan birisini gördü. Bu çocuk bakkalın önünde kendisine dikkatlice bakan kişiydi. Önce aldırış etmedi, fakat kısa bir süre sonra tekrar aynı kişiyi evin içine bakarken görünce dikkatini çekti. Genç çocuk birini arıyormuş gibi evin içine bakıyor, tül perdesi kapalı ve lambası yanmayan karanlık salonu göremiyordu. Merve ise onu net bir şekilde görebiliyordu. Çocuk üçüncü kez geçti evin önünden, Merve çocuğun bu hareketlerini komik buldu ve günler sonra ilk defa yüzünde bir tebessüm oluştu. Onu Cemal'den ayrıldıktan sonra ilk güldüren kişi, henüz adını bile bilmediği bu genç çocuktu.

Hava karardığında Hüseyin bütün eşyaları taşıyıp akşam yemeğine kalmadan oradan ayrıldı. Evde temizliği, yerleşme işlerini bitiren Merve ve annesi epeyce yorulmuştu. Fatma Hanımın evde uzun uğraşlar sonucu hazırlayıp, paketleyip getirdiği yemekleri afiyetle yediler. Mutfak alış verişi için Hüseyin, ertesi sabah tekrar gelecek ve eksikleri Fatma Hanımla birlikte yakındaki büyük markete giderek tedarik edeceklerdi. Sitenin girişindeki bakkalı hatırlatan Merve'ye,

"Günlük ihtiyaçlarımızı oradan alırız" cevabı verdi annesi. Sofrayı ve mutfağı toparlayan Merve, işi bittikten sonra kardeşi ile ilgilenmek için verandaya çıktı. Sabahtan beri ilk defa verandaya çıkıyor ve etrafı ilk defa inceliyordu. Bahçe düzenlemesinin muntazam yapılmadığını gördü. Bunun sebebinin geçen yıl burada az zaman geçiren teyzesinin, ev tadilatından bahçeye bakacak vakti olmadığından kaynaklandığını düşündü. Burada kaldığı sürece bahçeyle de uğraşır, çıkan yabani otları yolar, yeniden açmaya başlamış çiçeklerin bakımını yapabilirdi. Bahçenin çimleri iyi durumdaydı ve sadece boylarını kısaltılması gerekiyordu. Merve küçük yaşlardan itibaren kendi bahçelerinin düzenlemesini yaptığından eli bu işlere pek yatkındı. Verandadan denizin bir kısmının da olsa gözükmesi çok hoşuna gitmişti. Fakat evlerin bu denli sık ve iç içe olmasına alışık değildi. Teyzesi bahçenin yan komşulara bakan iki tarafını yüksek Ligustrüm çalısıyla kaplayarak kamufle etmiş, verandanın üst tarafına el yordamı ile açılıp kapanan tente taktırmış, böylece üst komşunun görüş alanından verandayı ayırmıştı. Tenteyi uzun demir çubuğu ile açtıktan sonra Emine ile sohbet etmeye başlayan Merve, sabah gördüğü genç çocuğun yine kendisine baktığını hissetti. Göz ucuyla ona bakarken genç çocuk siteni girişine doğru yol aldı.

Günün duygusal ve fiziksel yorgunluğunun etkisinden olsa gerek, uzun zamandır bu denli derin bir uyku uyumayan Merve, sabah erkenden kalkmasına rağmen epey dinlenmiş bir şekilde doğruldu yataktan. Yanındaki yatakta Emine ağzı açık bir şekilde uyuyordu. Yatağının yanındaki komodinin üzerinde duran Cemal'in hediye ettiği saatine baktı. 09.20'yi gösteren saati komodinin çekmecesine koydu ve yataktan kalktı. Salona doğru geçtiğinde annesinin mutfakta sessizce kahvaltıyı hazırladığını gördü. "Yardım edeceğim bir şey var mı anne?" diye sordu Merve. "Ben duşa giriyorum, sen su kaynayınca çayı demle. Emine uyanınca hazırlarız kahvaltıyı. Şimdi gürültüden uyanmasın" dedi annesi kısık bir sesle.

Merve sabahın sessizliğinde verandaya çıktı. Önceki gün itina ile temizledikleri sandalyelerden birine oturarak temiz havayı derin derin içine çekti. Güneş bulutların arasından çıkmış, sabahın serinliğinde Merve'nin yüzünü ısıtıyordu. Bu sırada bahçe kapısında içeri kumral tenli, uzun saçlı bir kız girdi. Ayağa kalkan Merve verandanın girişine doğru birkaç adım attı. Kendisine yaklaşan kız önce gülümseyerek,

"Günaydın" dedi ve elini uzattı.

"Ben, Sevgi, buraya yeni geldiniz sanırım. Seni görünce tanışmak için selam vereyim istedim." diyen Sevgi'ye gülümseyerek:

"Günaydın, benim adım da Merve. Çok iyi yapmışsın, çünkü daha dün geldik buraya ve ben kimseyi tanımıyorum. Buyur gel Sevgi vaktin varsa" diye karşılık verdi Merve tokalaşarak.

Sevgi çok hoş ve güler yüzlü bu kızın isteğini geri çevirmedi. Verandada bir süre sohbet ederek birbirlerini tanımaya çalıştılar. Sevgi'nin düzgün konuşmasını çok seven Merve kısa sürede sohbetine de bayıldı. Konuşmaya dalınca çayı demlemeyi unutan Merve,

"Çayı unuttum, hemen geliyorum" diyerek oturduğu yerden kalkıp içeri girdi. Annesi duştan çıkmış havlu ile kurulanıyordu.

"Dışarıda misafirimiz var anne" dedi Merve. Panikle havluya sıkıca sarılan Fatma Hanım,

"Kimmiş o misafir?" diyerek şaşkın bir ifadeyle tepki verdi.

"Adı Sevgi, bu siteden kendisi. Benim yaşıtım, arkadaş olduk" dedi Merve sevinçli bir şekilde.

Kahvaltıyı beraber yaptılar. Sevgi sadece çay içerek onlara eşlik etti. Site hakkında epeyce konuştular, hatta uzun bir süre dedikodu yaparak güldüler. Merve ve annesi Sevgi'yi oldukça sevmişlerdi. Kahvaltı bittiğinde annesi mutfağa geçti, Emine ise bahçede oyun oynuyordu. Merve ve Sevgi verandada yalnız kaldılar. Biraz okuldan, biraz erkeklerden konuşurlarken Sevgi ona erkek arkadaşının olup olmadığını sordu. Merve ona Cemal'den bahsetmedi. İçinde fırtınalar koparken sadece çevre baskısı yüzünden ayrıldığı Cemal'i hala çok sevdiğini ama ayrılmak zorunda kaldığını söyleyemedi. Cemal'i yazlığa taşımak istemiyordu, ağzından "Hayır" cevabı çıktı.

"Lisede birkaç arkadaşım oldu ama kısa sürdü" diyerek aslında ilk ve tek sevgilisini sakladı ondan. Fakat bu sefer aklına önceki gün sürekli gördüğü genç çocuk geldi.

"Sevgi sana bir şey soracağım. Dün geldiğimizde bakkalın önünde birisi vardı. Esmer, uzun boylu, siyah saçlı bir çocuk. Dikkatlice bana bakıyordu, hem de gözünü hiç kırpmadan. Bende ona göz ucuyla baktım ve geçtim. Sonra onu birkaç kez buraya dikkatlice bakarken gördüm. Benim onu gördüğümü fark etmedi. Ama hareketleri çok komikti. Kim o? Tanıyor musun?" Sevgi bu tarife uyan birisini tanıyordu. Tabi ki ondan başkası olamazdı.

"Alper" dedi gülümseyerek ve devam etti,

"Arkadaşım o benim. Buraya yeni geldi ve hep beraber takılıyoruz. Çok iyi ve düzgün bir çocuktur. Sahilde iskele var, oraya gel, biz bütün gün oralardayız."

"Bugün gelmem çok zor. Çünkü evde biraz işlerimiz var. Aynı

zamanda bazı eksiklerimizi tamamlamak için alışverişe çıkacağız."

"O zaman akşam kafeye gel, seni tanıştırayım."

"Tamam, kafeye gelip arkadaşlarınla tanışmak isterim" dedi Merve gülümseyerek.

Aslında adının Alper olduğunu henüz öğrendiği kişiyi merak ediyor, onunla tanışmak istiyordu. İçinde duygusal bir boşluk olan Merve'nin savunma içgüdüsü Cemal'i unutturmak için Alper'e yoğunlaşıyordu.

"Tamam, o zaman" dedi Sevgi ve ekledi, "Akşam 20.00'da kafeye gidiyoruz. Ben geçerken seni alırım. Hadi ben kaçtım" diyerek kalktı oturduğu yerden. Merve'nin annesine de teşekkür ederek evden ayrıldı.

Hava kararmak üzereydi. Dolabın kapağını açıp kendisine en çok yakıştırdığı elbiselerden birini üzerine giydi. Arkası iri fiyonklu, kolsuz, etek kısmı ayak bileklerine kadar uzanan beyaz elbisenin tenine çok yakıştığını, sarı saçlarını elbisenin üzerine döktüğünde ise bir prensesi andıran güzellikte olduğunu düşünüyordu. Bu düşüncesi ona iyi hissettirmekle kalmaz ayrıca özgüven de sağlardı. Hafif bir makyaj yaparak elbise ile uyumlu, önü açık hafif yüksek dolgu topuklu sandaletini aldı. Pırlantaya benzeyen taşlarla sıralanmış bileziğini koluna geçirdi. Ona uyum sağlayacak olan küpeleri taktı ve okul harçlıklarından biriktirdiği paranın üzerine annesinin de yaptığı bir miktar yardım ile alabildiği, pahalı bir markanın etkileyici kokusuna sahip parfümünü saçlarına sıktığında kapı sesi duyuldu. Gelen Sevgi'ydi. Annesi Merve'ye dikkatli olmasını tekrar tembih ederek bir miktar para verdi. Aslında Fatma Hanım, Emine'nin de ablası ile birlikte gitmesini istemişti. Bunun için Emine'ye çok ısrar etmiş fakat Emine evde çizgi film seyretmeyi tercih etmişti. Annesinin verdiği parayı çantasına koyduktan sonra kapıdan çıkan Merve el sallayarak annesine gülümsedi.

Gününün nasıl geçtiğini sorduğunda, Sevgi'ye rutin birkaç kelime ile cevap veren Merve, aslında kafeyi ve ortamı merak ediyordu. Çünkü burada köydekinden daha özgür hissetmişti kendini. Yazlık sitenin içinde bulunduğu durum bunu beraberinde getiriyor, ebeveynler çocuklarını burada daha özgür bırakıyordu. Bu da Merve'nin çok hoşuna gitmişti.

Kafenin önüne geldiklerinde içeriden gelen gürültüden kafenin kalabalık olduğu anlaşılıyor, pencerelerden dışarı sızan sarı ışıklar ise içerideki ortamın sıcaklığını hissettiriyordu.

İçeri ilk Sevgi girdi, arkasından Merve onu takip etti. İki güzel kızın kafeye girmesiyle içerideki gürültü bir nebze azaldı. Çünkü bazı gözler bu kızlara dikkat kesilmiş, bazı muhabbetlere de ara verilmişti. Sevgi hızlı adımlarla Engin ve Alper'in oturduğu masanın olduğu yere doğru gitmekte, Merve'de sağa sola bakmadan onu takip etmekteydi. Kafenin bilardo masalarının olduğu kısmına vardıklarında Alper ve Engin ayağa kalkarak onları karşıladılar. Alper gözünü ayırmadan Merve'ye bakıyor, Merve de göz ucuyla Alper'i süzüyordu. Sevgi, Merve'yi Engin'e tanıttıktan sonra Alper'e dönüp

"Merve, işte arkadaşım Alper" dedi. Bu buluşmaya hazırlanan Alper tok ve kararlı bir sesle,

"Merhaba, hoş geldiniz" diyerek elini uzattı. Merve'nin gözlerinin içinde kayboluyordu o an. Merve de,

"Merhaba, hoş bulduk" dedi ve Alper'in gözlerinin içine bakarak elini sıktı.

Yıllar sonra nelere yol açacağını tahmin bile edemeyeceğimiz küçük hataların, kararların hayatımıza yön veren küçük yaşam

parçalarının olduğu bir hikâye bu. Temiz ve saf duygularla baş-
layan, kimin sebep olduğu tartışılan, fakat herkesin sonucuna
katlanmak zorunda kaldığı trajik bir hikâye... Alper ve Merve'nin
hayatı işte o anda kesişti...

9 YIL SONRA

Cenk Say

1

Alper gözünü açtığında tavandaki belli belirsiz yanan kırmızı ampulün hala açık olduğunu gördü. Işığı geceden açık bıraktıklarını anladı. Yanındaki kadının sıcak nefesi boynuna vuruyordu. İçtiği sigaraların ve alkolün etkisiyle ağzı açık, kendinden geçmiş halde uyuyan kadın, ciğerlerinden gelen hırıltı bir sesle nefes alıp veriyordu. Yataktan doğrulurken beline giren ağrı canını acıttı. Pazar gecesi için olmaması gereken, fakat epeyce yorucu geçmiş gecenin sabahı; gerçek adı Hatice olan ama tanıştığı herkese kendini Alev olarak tanıtan eskort kadının evinde uyanması ilk defa olan bir şey değildi. Daha önce de birçok sabah bu evde uyanmış, hatta bazı geceleri uyumadan Alev'le sabaha bağlamışlardı. Alev kendisine olan bağlılığını defalarca gösteren Alper'den bazı günler para almazdı. Yine para almadığı gecelerden birisini yaşamışlardı, fakat kadının evine gelirken getirdiği yiyecek ve içecekler Alev'in gecelik vizitesinden daha pahalıya patlamıştı Alper'e. Bu durumdan rahatsız olmayan Alper, en pornografik isteklerini bile geri çevirmeyen Alev'den hiçbir şeyi esirgemez, kimi zaman ona sürpriz yaparak pahalı hediyeler bile alırdı. Ara sıra,

"Sen bana âşık mısın kuzum?" diye soran kadına Alper,

"Hayır, tabi ki, yok öyle bir şey" der ama ona olan saplantısını da gizleyemezdi. Alev ise Alper'in yıllar önce yaşadığı travmayı sadece kendisine anlatmış olduğu için ona acır, herkesten daha çok merhamet eder, sevgi gösterirdi. Alev'in bu ilgisi Alper'in hoşuna gider, hiçbir kızla flört etme gereği duymadan bütün ihtiyacını Alev'le giderirdi.

Alper, kıyafetlerinin camın altındaki kalorifer peteğine dayalı bir şekilde duran, yıllarca kullanılmaktan üstündeki vernikleri eskimiş ve bazı yerlerin kaplamaları sökülmüş eski sehpanın üzerine atılmış olduğunu gördü. Birkaç saniye düşündükten sonra akşam eve girdiğinde hızlıca üstündekileri çıkarıp oraya kendisinin attığını hatırladı. Yorganı kaldırıp içine baktı. Kısa paçalı külotu üzerindeydi. Kıyafetlerinin yanında yüksek sesle çalışan analog saate gözü takıldı. İşe gitmek üzere evden çıkmasına daha bir saat vardı.

Babası Mesut Bey, Alper'i askerden döndükten hemen sonra Hadımköy'deki çalıştığı fabrikada işe yerleştirmiş, Bakırköy'deki evi ona tahsis edip göçtükleri şehir olan Bursa'da Alper'in mutsuzluğuna son vermişti.

O yaz Kumburgaz'dan döndükten sonra Mesut Beyin çalıştığı şirket Bursa'da yeni bir fabrika satın almıştı. Patronu Mesut Beyi daha iyi bir maaşla ve daha fazla sorumlulukla yeni fabrikaya atamıştı. Taşınma ve ev tutma masraflarını karşılayan şirket bununla yetinmeyip jest olarak Alper'i Hadımköy şubede işe almıştı. Alper ise çalıştığı yıl boyunca iyi bir performans sergileyerek çalıştığı bölüme şef olmuş, şirketi ona filo araç kiralama firmasından bir araba tahsis etmişti. Aldığı maaş ve altındaki araba ile Alper rahat ve sıkıntısız bir hayat yaşamaktaydı.

Önce duşa girmek için yataktan kalkarak banyoya doğru yöneldi. Bir odası ve küçük bir de salonu olan evin mutfağı da salonun içinde, banyosu ise salonun hemen karşısındaydı. Banyo kapısına yöneldiğinde salonun halini gördü. Gece bayağı dağıttıklarını hatırladı. Haddinden fazla aldığı alkolün etkisi ile hareketlerine engel olamaz, içine düştüğü durumu sürekli sorgulardı. Bu durum, fazla alkol aldığında yaşadığı mantığı ile duygusunun çatışmasıydı.

Yere düşen küllüğü gördü sonra. İçinde iki pakete yakın söndürülmüş izmarit vardı ve hepsi beyaz süngerine kadar içilmişti. Bazılarına ise Alev'in ruj lekeleri bulaşmıştı...

***

Askerliğinin ilk günüydü. Babasıyla uzun bir otobüs yolculuğu yaptılar. Öğleden sonra vardıkları şehrin dışında kalan birliğine teslim oldu Alper. Hiç ağlamadı hatta gözünden yaş bile gelmedi. Son iki ay yeterince ağlayarak gözündeki yaşları tüketmişti. Babasıyla vedalaşarak girdi nizamiyeden içeri. Elindeki çantayı alıp içini aradılar. Dışarı kurulmuş masaların bir tanesinde künye kaydı yaptılar. Kısa süren bu işlemin ardından askeri kıyafetlerini almak için beklemeye koyuldu Alper. Bir taşın üzerine oturarak başını, dizlerinin üzerine yasladığı koluna koydu. Birisi dokundu omuzuna.

"Hemşerum iyi misun?" dedi al yanaklı sarı çocuk.

Başını iki yana salladı Alper derin bir iç çekerek. Cebinde bir paket sigara çıkardı sarı çocuk. Jelatini açtı, üstteki parlak kısmın bir tarafını yırtarak elindeki çöpleri cebine koydu. Paketi ters tutup yırttığı bölümü boşta bırakarak iki kez eline hafifçe vurdu. Birkaç sigara çıktı paketten.

"Yak ula bi tane, iyu gelur" dedi Alper'e paketi uzatarak. O güne kadar ağzına sigara sürmemişti. İstemsiz bir şekilde paketten bir sigara aldı. Hemen hemen bütün arkadaşları yanında sürekli içtiğinden nasıl içildiğini biliyordu. Cebinden çakmağı çıkaran çocuk yaktı Alper'in sigarasını. Derin bir nefes çekti sigaradan. Ardından kuvvetlice öksürmeye başladı. Duman ağzından, burnundan çıktı. Bir nefes daha aldı arkasından, sonra bir nefes daha, sonra bir sigara daha, sonra bir paket derken bir paket daha.

***

Duştan çıktığında Alev uyanmıştı. Alper,

"Günaydın" diyerek sarıldı boynuna, öptü ve yatak odasına geçti. Sadece çorabını ve pantolonunu giyip tekrar banyoya girdi. Saçını ıslatarak taradı. Hafta sonu kesmediği sakalları uzamıştı fakat işyerinde bunu kimse sorun etmiyordu. Alev,

"Kahvaltı etmek ister misin kuzum?" diye sordu. Alev sürekli ona "Kuzum" diye hitap ederdi. Seviştikten sonra kuzu gibi olmasından dolayı bu lakabı takmıştı ona. Alper saatine baktı, vakti kalmamıştı. Gömleğinin düğmelerini iliklerken kafasını kaldırmadan,

"Hayır, vaktim yok. Çıkmam lazım" diyerek cevap verdi. Hazırlığı bitince evden ayrılarak kapının önüne park ettiği arabasına binip her sabah olduğu gibi o sabah da Metro Fm'i açtı ve yola koyuldu.

Avcılar'daki çok konutlu bir apartman dairesinde yaşayan, üvey babasının tacizleri ve öz annesinin dayaklarından yılan Alev, başarısız bir intihar denemesinin ardından dayanamayarak beş yıl önce memleketinden kaçıp İstanbul'a gelmişti. İlk zamanlar kendisinden birkaç yıl önce İstanbul'a gelen arkadaşında kalan Alev'in elinde avucunda ne kadar nakit varsa kısa sürede tükenmişti. Ne bir mesleği ne de bir meziyeti vardı. Hayatını bu koskoca şehirde sürdürebilmesi için hemen para kazanması gerekiyordu. Beraber kaldığı ev arkadaşı çalıştığı pavyona götürdü Alev'i. Patronuyla tanıştırdı. Patronu ona müşterilerin masalarına oturmasını ve güler yüzle sohbet etmesini söyledi. Arkadaşı ise; şayet müşteriler sarkıntılık yaparsa onları hoş görüp, çok ileri gitmeyen tacizlere göz yummasını tembih etti. Kızıl kahverengi saçları olan Alev, kumral pürüzsüz bir tene sahip, orta boyda güzel bir kızdı. Bir yıl bu pavyonda çalıştı. Asıl adı Hatice olan bu taşralı kıza Alev adını pavyonun patronu taktı ve ayrıca ona ilk bu adam sahip oldu. Yaşadığı ilişki karşılığında patronundan yüklüce para alan Alev, çalıştığı süre boyunca onlarca kucak gezdikten sonra eline geçen parayı beğenmeyip pavyondan kaçtı. Birkaç adamını ardına taktıktan bir süre sonra peşini bırakan patronundan kurtulan Alev, aynı adı kullanarak tek başına işe çıkmaya başladı.

Seçici davranarak eskortluk yaptığı günlerden birinde başından geçen bir olayla Alper'i tanıdı. İşe çıktığı gecelerin birinde barda takıldığı müşterisi, aralarındaki anlaşmazlıktan sonra önce hakaretler edip barın orta yerinde Alev'e tokat atınca ortalık karıştı. O gece aynı barda tek başına takılan Alper kadının uğradığı şiddete seyirci kalmayıp, temiz bir dayakla adamı hastaneye yolladı. Olay polise sirayet edince, verdiği ifadede Alev'den "Sevgilim" diye bahseden Alper, kadını karakoldan çıkartıp evine kadar bıraktı. Alev koruyucu davranışı sonrasında Alper ile arkadaş oldu. İşe çıkmadığı zamanlarda onunla vakit geçirmek için evine davet edip, beraber olmadan önce saatlerce sohbet ederek birbirlerine dertlerini anlatmaya başladılar. Alper'in bütün hikâyesini bilen Alev onun sırlarını da saklardı. Alper'in birkaç sırrı vardı ve en büyüğü ise Merve ile yaşadığı olaydı.

Yaklaşık otuz dakika sürdü Alper'in işyerine varması. Yakınlardaki salaş ve küçük bir büfede satılan, hemen hemen her sabah kahvaltıda yediği yağlı poğaçalardan iki tane aldıktan sonra girdi fabrikaya. Personel kartını kart okuyucuya okuttuktan sonra güvenlik görevlisine selam verip merdivenlere yöneldi.

Maaşı ve çalışma şartları iyi olmasına rağmen işyerinden çok sıkılmıştı. Hemen hemen her gün aynı şeyleri yapmaktan şikâyetçiydi. Rutin bir hayat içinde kendini kapısı olmayan dört duvar bir odada hissediyor, bütün hayatı dokuz metrekare ofisinde, evinin salonunda ve Alev'in koynunda geçiriyordu. Bazı akşamlarda Engin ve Sevgi çiftinin evine konuk oluyor, Sevgi'nin yaptığı leziz yemeklerden yiyerek saatlerce sohbet ediyorlardı. Dokuz yıla dayanan dostlukları Alper'in yaşadığı travma sonrası daha da pekişmişti. Yıllar önce Sevgi ile yaptığı anlaşmaya sadık kalan Alper, Engin'in aklına Sevgi'yi işleyerek beş yıl önce evlenmelerine vesile olmuştu. Çift, nikâh şahidi olarak Alper'i seçip bir nevi onu onurlandırmışlardı. Sevgi ve Alper yıllar geçmesine rağmen bu evliliğin temeli olan kafedeki konuşmadan Engin'e hiç bahsetmemişler, kendi aralarında bile bu konu hakkında tek bir kelime konuşmamışlardı. Yaptıkları anlaşma aralarında büyük bir sır olarak kalmış, o yaz her ikisi de istediğini almasına rağmen sonuçları çok farklı olmuştu...

***

Alper erkenden sahile indi. Merve ile bir gece önceden sözleşmişlerdi. Sabah denize girecek, gün boyu beraber vakit geçireceklerdi. Bir planları daha vardı; Engin'le konuşmak. Özel bir konuydu bu; konu Sevgi'ydi. Engin'i de sahile çağırmışlardı. Önce Alper geldi sahile. Havlusunu serdi kuma, terliklerini çıkardı ve oturdu. Kısa bir süre sonra Engin belirdi yanında.

"Naber Alper?" diyerek hemen oturdu Alper'in yanına.

"İyiyim Engin, hem de çok iyiyim" diyen Alper elini Engin'in omzuna atarak devam etti, "Şu an o kadar mutluyum ki. Bu benim geçirdiğim en iyi yaz. Hatta hayatımda geçirdiğim en güzel günler olmalı. Merve'yle çok mutluyum. Her şey ne çabuk gelişti. Ama Sevgi'nin hakkını vermek lazım."

"Bence de Alper. Sevgi'nin hakkı büyük" dedi gülerek.

"Aslında Sevgi çok iyi ve güzel bir kız. Engin, sen ne düşünüyorsun bu konuda?" dedi Alper güneş gözlüğünü çıkartıp Engin'e doğru dönerek. Engin kısa bir süre sessiz kaldıktan sonra,

"Aramızda kalsın Alper ama ben biraz hoşlanıyorum Sevgi'den."

"Ciddi misin sen Engin?" dedi Alper gözlerini açarak.

"Ciddiyim, aslında Sevgi çok hoş bir kız. Sizi Merve'yle böyle görünce neden olmasın diyorum kendi kendime. Uzun süredir tanıyorum Sevgi'yi."

"Engin, bence duygularını Sevgi'ye söylemelisin. Ben onun da senin için bir şeyler hissettiğini tahmin ediyorum."

"Alper, bildiğin bir şey mi var?" dedi Engin şüpheli bakışlarla.

"Dostum, bildiğim şu ki; Sevgi de bana kalırsa aynı duyguları sana besliyor... Hatta eminim" dedi Alper kararlı bir şekilde. Tam o sırada yanlarına gelen Merve,

"Selam, ne konuşuyorsunuz bakalım?" dedi merakla.

"Gel aşkım, öyle havadan sudan işte" dedi Alper ayağa kalkarak.

"Pek havadan sudan olduğu söylenemez. Öyle gözükmüyordu. Hadi, söyleyin bakalım ne konuşuyorsunuz?"

"Sevgi'yi" dedi Alper ve devam etti, "Engin hoşlanıyormuş Sevgi'den."

"Heee, anladım şimdi. Engin hiç vakit kaybetme. Bence o da senden ilk hareketi bekliyor" dedi Merve gülümseyerek. Engin ayağa kalktı ve kararlı bir tavırla,

"Tabi ya, niye duruyorum ki? Gidip konuşacağım Sevgi'yle. Daha iyisini mi bulacağım. Haklısınız. Ben gidiyorum konuşmaya" diyerek hızlı adımlarla kafeye doğru ilerlerken Alper ve Merve başarmış olmanın mutluluğu ile sarıldı birbirine. El ele tutuşup denize doğru koştular...

***

Merdivenleri ağır adımlarla çıktıktan sonra ofisinden içeri girip ışığı açan Alper, önce poğaçalarını koydu masanın üzerine. Bilgisayarının açmakapama tuşuna bastığında fan sesli bir şekilde çalışmaya başladı. Aynı kattaki çay ocağına giderek tuttuğu takımın logosu üzerine basılı büyük kupasına çay doldurdu. Dökmeden, dikkatli bir şekilde odasına kadar geldi. En sevdiği şeylerden biri de kahvaltısını yaparken bilgisayarda haberleri okumaktı. İlk önce spor haberlerinden başlar, magazin ile devam eder, en son olarak da komik videolar ile sabah kahvaltısını bitirirdi. Apolitik olması nedeniyle siyaset haberlerini okumaz, kendisini ne ekonomi nede ülkenin gündemi ilgilendirirdi. Günlük işlerini sabahtan planlar, gün içerisinde işin dışında başka şeyle ilgilenmezdi. Kahvaltısı bittiğinde elektronik posta kutusunu açtı. Birkaç spam emailden sonra Çatalca'nın yakınlarında fabrikası olan müşterinin emailini gördü. Kendisini, kumaş boyalarının kalite kontrolü için fabrikaya davet ediyorlar, onay aldıktan sonra kumaşları boyama işlemine geçeceklerini söylüyorlardı. Sabahtan birkaç işi olan Alper öğle vakitlerinde geleceğini yazarak emaili yanıtladı. "O saate kadar fabrikada işleri toparlar sonra çıkarım" diye düşündü.

Saat 11.00'i gösterdiğinde bilgisayarını kapattı, patronuna haber vererek müşteriye gitmek üzere fabrikadan ayrıldı. Hava güneşliydi ve ilkbahar artık kendini iyiden iyiye gösteriyor, açan çiçekler yaz mevsiminin yaklaştığını haber veriyordu. Hadımköy'den Çatalca'ya giden yolda arabanın camını aralayıp temiz havayı teneffüs etti. Rüzgâr sol yanağını okşarken güneş içini ısıtıyordu. Bir süre sonra dışı yeşil cam kaplı fabrikaya vardı. Kendisini karşılayan iki kişi ile beraber fabrikanın boyahanesine geçti. Boya kokusu, az önce yolda ciğerlerine doldurduğu temiz havayı baskıladı. Alper zaten ilk günden beri bu kokudan hoşlanmazdı.

Müşterisiyle birlikte uzun bir süre boyahanede görüşüp kumaş boyalarının kalitesine onay verdikten sonra toplantı odasına girdiler. Sıvalarının bir kısmı kabarmış toplantı odası, boyahaneye göre daha temiz bir havaya sahipti. Zaman öğle saatini geçmiş, karnı da bayağı acıkmıştı. Toplantı bitiminde Alper'e öğle yemeğini birlikte yemeyi teklif ettiler. Hiç düşünmeden kabul eden Alper ile beraberindekiler, kısa bir süre sonra fabrikadan ayrılıp Çatalca merkezinde bulunan ünlü bir köfte salonuna gittiler. Burası Çatalca'nın en eski lokantalarından biriydi ve yemekleri çok lezizdi. Özellikle kendilerine has olan satır köftesini yiyen buraya tekrar gelmek için fırsat kollardı. Alper ile birlikte masada bulunan iki kişi de köfte yemeyi tercih etti.

Yemeklerini bitirdikten sonra lokantanın hemen yanındaki otoparka bıraktıkları arabaya geçerlerken, yolun karşısında bulunan bankadan içeri giren bir kadın Alper'in gözüne takıldı. Yüzünü tam göremedi ama tanıdık geldi bu kadın Alper'e. Yanındakilere,

"Bankaya giren bir tanıdığımı gördüm sanırım, hemen ona bakıp geliyorum" diyerek müsaade istedi. Hızlı adımlarla karşı kaldırma geçti, bankanın kapısına doğru yaklaştı. Ortası cam olan kapıdan içeri baktı bir süre. Alper'i gören güvenlik görevlisi içeriden kapıyı açıp,

"Hoş geldiniz, buyurun efendim" dedi eliyle içeriyi işaret ederek.

Daveti geri çevirmeyen Alper yavaşça kapıdan içeri girdi. Bankada yaklaşık sekizon kişi vardı. Biraz bakındı etrafa, içerideki insanları inceledi fakat hiç birisi biraz önce gördüğü kadın değildi. O an müşterinin otoparkta beklediği geldi aklına ve bankadan dışarı çıktı. Otoparkta kendisini bekleyen kişilere,

"Kusura bakmayın, benzetmişim" diyerek arabaya bindi.

Müşterinin fabrikası lokantaya çok yakındı. Birkaç dakikalık yolculuk sırasında kafasında birçok şey düşündü. Kadını gördüğü o an sürekli gözünün önündeydi. Fabrikanın önüne geldiklerinde Alper'e çay içmeyi teklif ettiler ama Alper nazik bir dille geri çevirdi. Hemen işe dönmesi gerektiğini, o gün yoğun olduğunu söyleyerek arabasına bindi ve oradan ayrıldı. Tabi ki söyledikleri koskoca bir yalandı. Çünkü aklı bankaya giren kadında kalmıştı. Tekrar bankaya gidip ona bakacaktı. Bunu yapmalıydı ve sadece on dakika kadar bir zaman geçmişti. Arabasına binerek hızlıca kadını gördüğü bankaya doğru yol aldı.

Aynı otoparkın önüne geldiğinde içeri girmeden anahtarı valeye teslim edip yolun karşısına geçti. Banka kapısının hemen önünde sigara içen güvenlik görevlisine gülümseyip başını hafifçe öne eğerek selam verdikten sonra içeri girdi. İçerideki müşterilere göz gezdirdi. Aradığını bulamayınca bankoda çalışanlara bakmaya başladı. Herkesi inceliyordu ki bu davranışı bir kişinin gözünden kaçmamıştı.

"Birini mi arıyorsunuz?" diye seslenen güvenlik görevlisinden ürperen Alper, arkasını dönerek aklına gelen ilk yalanı söyledi,

"Biraz önce geldiğimde hesap açtırmak istiyordum ama vaktim yoktu. Dışarıda beni bekliyorlardı. Şimdi vaktim var. Kim ilgileniyor hesap açılışlarıyla?"

"Yukarıdaki katta müşteri temsilcilerimiz var, sizi onlara yönlendireyim" diyerek kapının girişinde bulunan numaratörden bir numara alıp Alper'e doğru uzattı güvenlik görevlisi.

Küçük kâğıtta 65 yazıyordu. Duvardaki ışıklı pano ise 58'i gösteriyordu. Sırada yedi kişi vardı. O anda merdivenleri gördü. Bu detayı atlamıştı belli ki. Banka kapısının girişinden gözükmeyen merdivenlerle bir üst kata çıkılıyordu. Aradığı kadın üst katta olabilirdi. Güvenlik görevlisine teşekkür ederek merdivenlere doğru yöneldi. İkinci kata çıkan on beş basamaklı merdivenin daha ilk basamağında kalbi hızla çarpmaya başladı. Basamakları çıktıkça kalp atışları daha da hızlanıyor, dizleri titriyordu. Nefesini kontrol ederek bankanın ikinci katına çıktı. Bu katta seperatörlerle ayrılmış beş bölüm buluyordu. İlk iki bölüm boştu, fakat diğer bölümlerde müşteriler oturuyordu. Üst kattaki ışıklı panoda da 58 yazıyordu. İşte aradığı kadın oradaydı. Altın sarısı saçları ile masanın gerisinde oturmuş, müşterisiyle bir şeyler konuşuyordu. Kadının yüzü görebilmek için biraz daha yaklaşması gereken Alper'in ağzı kurumuş, nefes alıp verişi yine düzensiz bir hal almış, bedenini endişe kaplamıştı. Ya oysa ne diyecekti? Ne söyleyecekti?

Bütün bu endişeleri önemsemeden duvarın dibindeki bekleme koltuğuna oturdu. Fakat buradan da sadece müşteri gözüküyor, kadını görebilmesi için santim santim sağa doğru kaymaya başladı. Kadın, müşterisine bazı kâğıtlar imzalatarak bir şeyler anlatıyordu. Biraz daha sağa kaydığında kadının yüzünü net bir şekilde gördü. Altın sarısı saçları aynı eskisi gibi uzun, sesi her zamanki gibi insanın ruhunu okşuyor, yüzü yine güneş gibi sıcacık, gözleri ise ışıl ışıl parlıyordu. Başından aşağıya kaynar sular indi sanki. İçinde volkanlar patladı Alper'in. İşte karşısındaydı, oydu. Hayatını mahveden, günlerce uyku uyumamasına, yemek yememesine sebep olan; aşka, sevgiye olan inancını genç yaşında yitirmesine sebep olan kişiydi. Karşısında duran kadın Merve'nin ta kendisiydi ve ilk öptüğü kişiydi o...

***

Ayrılık vakti gelmişti. Geceden eşyalarını topladı Alper. Sadece eşyalarını değil anılarını da toplamıştı. Koskoca bir yaz göz açıp kapayıncaya kadar geçmiş, aşkın heyecanıyla günler su gibi akıp gitmişti. Evi boşaltma günü kapıya dayanmıştı. Çantayı hazırlarken gözlerinden yaşlar süzülüyordu. Hayatının aşkı Merve'yi bulmuş olmanın sevinciyle, onu burada bırakıp gitmenin hüznü birbirine karışıyordu. İç içe geçmiş duygularıyla ne hissedeceğini bilmiyordu.

Gece geç saatlere kadar dışarıda takılacaklardı. Arkadaşları ve Merve ile sahile indi Alper. Ateş yakıp çevresine toplandılar. Engin biraları alıp geldi yanlarına. Poşetleri taşımakta zorlanıyordu. Hepsi birer tane aldı biradan, Alper, Merve, Engin, Sevgi ve diğerleri. Kalan şişeleri denizin kıyısına gömdüler. Deniz suyu biraları soğuk tutuyordu. Hep bir ağızdan birkaç şarkı söylediler. Şişeleri tokuşturdular. Merve o gün sessizdi. Üzerinde bir durgunluk hakimdi. Alper,

"Aşkım hayırdır, bir sıkıntı mı var. Bugün çok sessizsin?" dedi Merve'ye.

"Hayır, yok bir şeyim. Öyle hüzünlendim biraz" dedi Merve önemsemez bir tavırla.

Gecenin ilerleyen vakitlerinde alkolün etkisi genç bedenlerde kendini hissettirmeye başladı. Alper yerinden kalkarak, Merve'ye elini uzatıp onu da oturduğu yerden kaldırdı.

"Hadi biraz yürüyelim" dedi. Merve'nin başı dönüyordu. Alper'in koluna girerek beraber gecenin serinlettiği kumlarda iskelenin az ilerisindeki kayalıklara doğru yürüdüler. Ayakları çıplaktı. Bazen denizin içine doğru giriyorlar, dalga geldiğinde kumlara doğru kaçıyorlardı. Kayalıklara birbirlerine destek olarak tırmandılar. Daha fazla ilerlemeden büyükçe bir kayanın üzerine oturdular. Alper elini Merve'nin beline sardı. Merve'nin ince sıkı beline sarılmak Alper'i oldukça heyecanlandırıyor, kalbinin daha hızlı atmasına neden oluyordu. Ona daha fazlasını yapmak, bunun için ısrarcı olmak aklından bile geçmiyor, Merve'yi kendinden bile sakınıyordu. Sadece onu öpmek istedi. Elini bu sefer omuzuna attı, Merve'nin başını kendine doğru çevirdiğinde Merve gözünü kapadı. Öpüşmeleri lunaparktakinden daha fazla sürdü. Merve'nin gözünden yaşlar süzüldü. Alper ıslaklığı fark edince kendini geri çekerek,

"Ne oldu Merve, neden ağlıyorsun?" dedi usulca.

"Bilmem, içimden ağlamak geliyor işte" dedi Merve. Sessizce bir süre oturdular. Alper başka soru sormadı.

Ertesi gün sabah evden arabaya eşyaları taşımaya arkadaşları yardım etti. Morali oldukça bozuk, gitmek zorunda olmak can acıtıcıydı. Son koliyi de evden çıkartıp kapıyı kapattılar. Komşularıyla vedalaştılar. Alper ağlamamak için kendini zor tutuyor, sanki çok güzel bir rüyadan uyanmak istemiyormuş gibi hissediyordu. Annesi ve babası arabaya doğru ilerledi. Alper önce Sevgi'ye sarıldı, sonra da Engin'e. Sevgi'nin gözünden yaşlar süzülüyor, Engin'in ise gözleri doluyordu. Kısa sürede bu insanların kalplerini kazanmıştı Alper. Fakat kendi kalbini de Merve'ye kaptırmıştı.

"Hoşça kal aşkım" dedi Alper sesi titreyerek. Dudaklarını ısırıyor, kendini sıkıyordu.

"Güle güle Alper, kendine dikkat et" dedi Merve.

"Doğum gününe geleceğim mutlaka, hiç merak etme" diyerek sarıldı Merve'ye. Yanaklarından öptü, elini bıraktı ve arabaya bindi.

***

Hızlı adımlarla indi merdivenden. Kapıyı açıp dışarı çıktı. İyi bir gün dileğinde bulunan güvenlik görevlisini duymadı bile kapıdan çıkarken. Gözden kaybolana kadar sokakta ilerledi. Nefes nefese kalmıştı. Yüksek kaldırım taşına oturdu. Titreyen elleriyle sigara paketini cebinden çıkardı, içinden bir tane alıp yaktı. Derin bir nefes çekti sigaradan, içindeki dumanı üfledi, ardından derin bir nefes daha çekti...

***

O gün çok özeldi Alper için. Nedeni ise Merve'nin doğum günüydü. Birkaç gün önce Merve'ye aldığı hediyeyi çıkardı çekmecesinden. Zirkon taşlarla süslenmiş altın yüzüğe her bakışında mutluluktan gözleri doluyordu. Kaç kuyumcu gezmişti o yüzük için. Elindeki paranın yettiği en iyi yüzüğü almıştı. "Merve daha iyilerine layık ama şimdilik bu bile onu çok mutlu edecek" diye düşünerek yüzük kutusunu koydu yatağının yanındaki komodinin üzerine. Yeni birkaç kıyafet almıştı kendine. Akşamdan hazırdı giyecekleri. Erken çıkmalıydı ki Kumburgaz'a erkenden gidip aşkına kavuşmalıydı. Merve'nin gözlerinin içine bakarak hediyesini verip aşkını bir kez daha dile getirmek istiyordu. Her zamankinden daha özenli hazırlandı. Birkaç parça giyeceği ve kişisel eşyayı sırt çantasına koydu. İki gün önce Engin'i arayarak Kumburgaz'a geleceğini ve birkaç gün onda kalacağını söylemişti. Engin hemen kabul etti tabi ki. Ailesine de söylemişti gideceğini. Merve'yi annesi ve babası da tanıyordu. Onlar da sevmişti. Kapının önüne geldi ve annesinin yanaklarından öptü mutlu bir şekilde. Jale Hanım,

"Dikkatli ol oğlum, başkasının evinde kalacaksın, lütfen dikkat et hareketlerine" diyerek tembihledi oğlunu.

"Merak etme anne, ben bilmiyor muyum nerede nasıl davranacağımı? Sen kafana takma ben dikkat ederim. Hadi hoşça kal" diyerek çıktı kapıdan.

Otogar çok kalabalıktı. Erken saatler olmasına rağmen insanlar otogara akın etmiş oradan oraya koşturuyor, değnekçiler ise müşteri toplamaya çalışıyordu. Bir tanesine yanaşan Alper,

"Pardon! Kumburgaz'a hangi otobüs gidiyor?" diye sordu. Gömleğinin bağrı açık, kısa boylu adam ağzından sigarayı çıkarmadan,

"67 numaraya git. İstanbul Seyahat" dedi. Adama teşekkür eden Alper sıra numaralarını takip ederek 67 nolu peronu buldu ve gişeden biletini aldı.

Otobüsün kalkmasını yirmi beş dakika bekledikten sonra çantasını koltuğun üstündeki bölüme sıkıştırarak cam kenarındaki yerine geçti. Hareket ettiğinde yanındaki koltukta kimse yoktu. Başını cama yasladı. İçi içine sığmıyor, bağıra bağıra şarkılar söylemek, saçma sapan dans etmek istiyordu. Yaklaşık iki saat sonra sevgilisine kavuşacaktı. Ona sıkıca sarılıp kokusunu ciğerlerine çekecekti. İçinden, "Daha hızlı daha hızlı" diyordu şoföre. "Uçur beni sevgilime."

Yüzündeki sırıtma hiç kaybolmuyor, neşesinden yerinde duramıyordu.

Otobüs otoyola çıktığında muavin yanına gelerek biletini sordu. Alper'in uzattığı biletin ucunu yırtan muavin,

"Nerede ineceksin?" diye sordu.

"Kumburgaz" diye cevap verdi Alper. Bilet seremonisi bitince başını cama yaslayıp bir süre sonra Merve'yi hayal ederek uykuya daldı.

Sarı alacalı kedi yine rüyasındaydı. Alper tek başına uçsuz bucaksız bir sahilde oturuyor, deniz donuk bir halde hareket etmiyor, bulutlar ise grinin en koyu tonuna boyanmış tepesinde duruyordu. Kedi, ayaklarının dibinde kuyruğunu sağa sola sallayıp kucağına çıkmak istermiş gibi miyavlıyordu. Alper iki eliyle kedinin ön ayaklarının altından kavrayıp kucağına koyduğunda kedinin rengi siyaha dönüştü. Neler olduğunu anlamadan kedi yüzüne doğru ani bir hamle yaptığında Alper irkilerek uykusundan uyandı. Daha kendine gelemeden,

"Kumburgaz'da inecek kalmasın" diye bağıran muavinin sesi çınladı kulaklarında. Kendine geldiğinde otobüs Kumburgaz'a girmek üzereydi. Doğruldu koltukta, üstünü başını düzeltti, suyundan birkaç yudum içti. "Kurtulamadım şu kediden" diye söylenerek ayağa kalktı. Çantasını aldıktan sonra koltuklara tutunarak otobüsün arka kapısına doğru yöneldi.

"Otelde inecek var" diye seslendi Alper. Yolun sağına tozları kaldırarak yanaştı otobüs. Kapı açıldığında tozların bir kısmı otobüsten içeri girerken Alper dışarı çıktı.

"Bagaj var mı?" diye sordu muavin.

"Hayır, yok" cevabını alınca,

"Devam et" diyerek hareket eden otobüsün kapısından içeri kıvrak bir hareketle atladı muavin.

Yolun karşısına dikkatli bir şekilde geçerek hızlı adımlarla siteye doğru yöneldi Alper. Bakkal Yılmaz'ı gördü önce. Kafasıyla selam verip siteden içeri girdi. Geldiğini haber verip çantasını bırakmak için önce Engin'e uğrayacaktı. Bütün bir yazı geçirdiği evin geldiğinde zihninde anıları da canlandı. Verandadaki masa ve sandalyeler bir kenara toparlanmıştı. Evin ve bahçenin kapısı kapalıydı.

Sevgi ile birlikte verandada oturan Engin, Alper'i görür görmez ayağa kalktı ve arkadaşına sıkıca sarılarak,

"Hoş geldin kardeşim" dedi.

"Hoş bulduk kardeşim" dedi Alper fakat Engin'in morali bozuk, Sevgi ise ağlamaklıydı.

"Engin ne oluyor burada?" diye sordu Alper endişeli bir ifadeyle. Sevgi başını yeren kaldırmıyordu.

"Kardeşim, gel otur şöyle" dedi Engin Sevgi'nin yanındaki boş koltuğu göstererek.

"Engin, ne oluyor söyler misin? Bir şey mi oldu?" diyerek sinirlenen Alper'in sesi de yükseldi. Sevgi başını yerden kaldırıp kan çanağına dönmüş gözlerle Alper'e baktı.

"Kardeşim, Merve gitmiş" dedi Engin.

"Nasıl gitmiş, nereye gitmiş. Oğlum, doğru düzgün söylesene şunu?" dedi Alper gözlerini açarak.

"Evden kaçmış. Bizde sabah öğrendik."

"Oğlum, şaka mı lan bu? Nasıl kaçmış, nereye kaçmış, neden kaçmış?" diyerek ayağa kalktı ve sandalye devrildi arkasından.

"Kardeşim sakin ol!"

"Ne sakini lan, ne sakini? Nasıl olur bu, nasıl olur!" diyerek iki eliyle saçını yolmaya başladı Alper. Sevgi ve Engin sakinleştirmeye çalışırken onları dinlemeyen Alper verandanın tırabzanlarından kıvrak bir hareketle atlayıp Merve'nin kaldığı 11 nolu eve doğru koştu. Kapıyı defalarca çaldı. Fatma Hanım ağlayarak açtı. Endişesi iyice artan Alper,

"Ne oldu Fatma Teyze? Merve nerede?" dedi çaresiz gözlerle. Fatma Hanım ağlamaktan cevap vermekte zorlandı,

"Merve sabaha karşı evden kaçmış. Bütün eşyalarını toplayıp gitmiş" derken hıçkırıkları da arttı.

"Neden kaçmış, Fatma Teyze? Nereye gitmiş?" dedi Alper.

"Cemal adında görüştüğü birisi vardı. Ona kaçmış. Mektup yazmış bana" dediğinde Fatma Hanım artık konuşamayacak hale gelen hıçkırıkları nedeniyle evden içeri girmek zorunda kaldı. Kapının önünde şoka giren Alper nefes alamıyor, boğulma hissi yaşıyordu.

"Alper kardeşim, nefes al nefes al" diye bağırdı Engin. Çevrede sesleri duyanlar koşarak geldiler. Sevgi,

"Gelmeyin gelmeyin" diye durdurdu insanları. Alper'in yüzü morarmaya başladı. Gözleri yerinden çıkacak gibi büyüdü. Eliyle boğazını tutuyor, yere diz çömelmiş öğürmeye çalışıyordu.

"Alper sakin ol, nefes al, nefes al" diye bağırıyor Engin, Sevgi ise hıçkırarak ağlıyordu. O esnada Alper olduğu yere kusunca rahatlayarak derin bir nefes aldı ve yere yığıldı.

***

Sigarasının sonuna gelmişti, söndürmeden bir diğerini daha yaktı. Oturduğu yerden kalkarak otoparka doğru ilerledi. Arabasına bindi ve camları sonuna kadar açtı. Havayı birkaç kez derin derin içine çekti. Kalbi ritim tutmayan bir şarkı gibi düzensiz atıyordu. Telefonundan Engin'i aradı hemen. İki kez çaldıktan sonra açtı Engin.

"Alo Engin. Onu gördüm!"

"Alper, noldu oğlum? Kimi gördün?"

"Hayatımı mahveden o pislik, adi kadını gördüm."

"Merve mi?"

"Evet o, başka kim olacak."

"Neredesin sen şimdi? Nerede gördün Merve'yi?"

"Çatalca'dayım. Burada bir bankada çalışıyor."

"Tamam kardeşim, sen şimdi sakin ol ve akşam bize gel, konuşalım" dedi Engin sakinleştirici bir sesle.

"Tamam, akşam iş çıkışı gelirim."

"Oğlum, sakın bir şey yapma, ayrıl hemen oradan."

"Allah belasını vermemiş bak, hala takılıyor burada. O kadar da beddua ettim, tutmamış demek ki" dedi Alper sinirli bir sesle.

"Alper sana diyorum, hemen ayrıl oradan. Akşam gel konuşalım."

"Tamam kardeşim, işe dönüyorum. Görüşürüz" diyerek telefonu kapattı ve arabanın marşına bastı.

Fabrikaya döndüğünde işine konsantre olamadı Alper. Saatlerce bilgisayarın ekranına boş boş baktı ve sık sık dışarı çıkarak sigara içti. Aklına sürekli yaşadığı o berbat gün geliyor, zihninde kalan anılar canlandıkça küfürler ediyordu. Paydos vaktine yakın bir saatte ayrıldı fabrikadan. Engin ve Sevgi'nin Ataköy'deki evine doğru yol aldı. Davetli olduğu yemeğe giderek gün içerisinde yaşadıklarını anlatacaktı.

2

Engin evlenme teklifine "Evet" cevabı almıştı Sevgi'den. Hayatını, yıllar öncesine dayanan arkadaşı ile birleştirmek aldığı en iyi karar olduğunu düşünüyordu. Engin'in ailesi Florya'da, Sevgi'nin ailesi ise Sefaköy'de oturuyordu. İki aile de birbirine uyum sağlayarak nişanı ve düğünü yaptılar. Avukat olan Engin'in babası, evlenmeden önce oğluna ev alabilmesi için yüklü miktarda para verdi. Tercihlerini Ataköy'den kullanan çift, paranın üzerine bir miktar borçlanarak ev almayı başardılar. Bu çiftin her zaman en özel konuğu Alper oldu. Evliliğe giden yolun taşlarını Alper döşemişti. Güzel sofralar hazırlamak, saatlerce masa başında sohbet edip birbirlerine dertlerini anlatmak tarifi imkânsız bir keyifti onlar için. Sonsuza kadar birbirlerinden ayrılmayacaklarını düşünüyorlardı. Fakat yıllar sonra ortaya çıkan Merve'yi kimse hesaba katmamıştı.

Ataköy'ün ünlü pastanesinden Sevgi'nin en sevdiği frambuazlı pastayı aldı Alper. Sık sık Sevgi'ye pasta jesti yapardı. Yine öyle bir gündü. Zili çaldı, kapıyı Engin açtı. Pahalı olduğu bir bakışta anlaşılan kahverengi çelik kapının hemen arkasında bütün duvarı kaplayan, kapakları aynalı portmanto vardı. İki odalı evin ince uzun koridorunun sonu salona açılıyordu ve salonun geniş camları E5 karayoluna bakıyordu. Henüz evin kredi borcunu bitiremedikleri için tadilat yapmaya bütçe ayıramamışlardı. Evi satın aldıktan sonra kapıları ve mutfak dolaplarını elden geçirip ardından tüm evi boyatıp idare edebilecekleri kullanıma getirmişlerdi.

"Yine mi pasta? Oğlum biraz da beni düşün, tatlı al" dedi Engin şakayla.

"Sevgi varken sana tatlı mı alacağım" dedi gülerek Alper. Mutfaktan Sevgi seslendi,

"Engin, rahat bırak arkadaşımı, tabi ki beni düşünecek, seni değil?"

"Vay arkadaş resmen dışlandım" dedi Engin gülerek. Paketi alıp elini Alper'in omuzuna atarak,

"Geç kardeşim salona, anlatacak çok şeyin var. Sevgi hayatım getir yaş üzümü, bugün konu çok."

"Geldim geldim" dedi Sevgi bir elinde salata, diğer elinde yaş üzüm rakısıyla.

Alper o gün yaşadıklarını heyecanla anlatırken sanki anıları tekrar canlanıyor, ara sıra sinirlenerek ayağa kalktığında Engin onu sakinleştiriyordu. Merve'den bahsederken saat geç olmuştu. Son yıllarda alkolü çok kaçırıyordu Alper. O akşam da epeyce alkol almıştı ve bu halde araba kullanması imkânsızdı.

"Kardeşim kalsana bu gece burada" dedi Engin.

"Yok kardeşim, benim eve gitmem lazım" derken kelimeleri zor anlaşılıyordu Alper'in.

"Ne yapacaksın eve gidip kal işte."

"Bilmem, önce biraz ağlarım, sonra da yatar uyurum herhalde" dedi Alper boş gözlerle Engin'e bakarak.

Engin duraktan taksi çağırdı, Alper'i zor bela apartmandan indirip taksiye bindirdi. Alper konuşmakta zorlanıyor, adres tarifini ise taksi şoförü zor anlıyordu.

Evin önüne geldiğinde cebinden çıkardığı parayı taksi şoförüne uzattı. Adam parayı aldıktan sonra arabadan inerek Alper'in de inmesine yardımcı oldu. Adama teşekkür eden Alper apartmanın giriş kapısındaki merdivene oturdu. Gecenin sessizliğinde kalp atışlarını duyabiliyordu. Oturduğu yerden kalkamıyor, başı dönme dolap gibi dönüyordu...

***

Akşam yemeğini yedikten sonra saat 20.00'de Bakkal Yılmaz'ın önünde buluşmak üzere sözleştiler. İlk gelen Alper oldu, kısa bir süre sonra da Engin geldi. Sevgi de Merve'yi alıp gelecekti. Fatma Hanım sadece yanında Sevgi olduğu sürece geç saatlere kadar takılmasına izin veriyordu Merve'nin. Alper ve Engin sohbet ederken Merve'nin kahkahalarını duydular. Sevgi ona başından geçen komik bir anısını anlatıyor, Merve ise yüksek sesle gülüyordu.

"Hayırdır kızlar, neye gülüyorsunuz bakalım" dedi Engin. Merve hem gülüp hem de konuşmaya çalışarak,

"Sevgi geçen seneki lunapark anılarını anlatıyor. Gerçekten komikmiş Engin"

"Sorma Merve ya, ne eğlenmiştik" dedi Engin geçen seneyi hatırlayarak. Alper,

"E hadi ne duruyoruz, gidip eğlenelim o zaman" diyerek Merve'nin elini tuttu. Yakınlardaki lunaparka yürürken ilk defa özgürce Merve'nin elini tutuyor ve yumuşak sıcak ellerinden kalbine doğru ateşler yükseliyordu.

Beşer tane jeton aldılar. Çiftlerin en romantik dakikalarını yaşadıkları dönme dolaba binmek istediler önce. İlk gelen boş koltuklara Engin ve Sevgi oturdu. İki eski dost artık iki yeni sevgiliydi. Bir sonraki boş koltuklara ise Alper ve Merve geçti. Yan yana oturdular. Arkalarından gelen birkaç kişi de sonraki boş yerlere geçtiler. Makine bir süre sonra yavaşça dönmeye başladı.

Yükseğe çıktıkça bütün Kumburgaz, sahil ve hatta site bile görülebiliyordu. Alper koluyla Merve'nin belini sardı. Hafifçe kendine doğru çekti. Merve utangaç bir şekilde gülümseyince Alper,

"Seni çok seviyorum Merve, hem de inanamayacağın kadar çok" dedi kulağına. Bu sözleri söylerken saçının kokusunu içine çekiyor, her geçen dakika Merve'ye daha da âşık oluyordu.

"Gerçekten mi Alper" dedi Merve kısık bir sesle.

"İnan bana, seni o kadar çok seviyorum ki" dedi ve dudaklarını Merve'nin dudaklarına yaklaştırdı. Merve kendini geri çekmedi, gözünü kapattı. Alper daha da yaklaştığında dudakları Merve'nin dudaklarına değdi. O gece ilk defa Merve'yi öptü Alper.

"Hadi dönen salıncağa binelim" dedi Engin dönme dolaptan inerken. Dördü koşarak gitti salıncağın yanına. Hepsi yan yana salıncaklara bindiler. Makine yukarı kalkarken dönmeye başladı. Hızlandı, daha da hızlandı. Alper yaşadığı mutlulukla başının dönmesini umursamıyor, önünde rüzgârdan saçları uçuşan Merve'yi aşk dolu gözlerle izliyordu...

***

Başının dönmesi daha da şiddetlenen Alper'in midesi de bulanıyordu. Neden bu kadar çok içtiğini sorguluyor, bir yandan da ceplerinde sigarasını arıyordu. Pantolonun arka cebinde buldu paketi, içinden bir tane aldı ve yaktı. Önce birkaç derin nefes çekti sigaradan. Yavaş yavaş içerken sigarasını sürekli önüne bakıyor, sokaktan gelip geçen birkaç kişi onu ilgilendirmiyordu bile. Yüzü buruşmaya başladı. Dudaklarını büzdü ve gözünden birkaç damla yaş süzüldü. Yıllar sonra ağlıyordu. Tıpkı Merve'yi unutmak için apar topar gittiği askerliğinin ilk günlerindeki gibi. Sessiz ve derinden bir ağlamaydı bu. İçine hıçkıran, sadece dışına gözyaşı vuran. Bir sigara daha yaktı diğeri bitmeden, fakat o sigarayı gecenin hafif esintisi içti.

Baş dönmesi biraz olsun hafiflediğinde, yaklaşık bir saattir haddinden hızlı dönen dünya normal hızına geri dönüyordu. Oturduğu merdivenden kalkarak elleriyle arkasını silkeledi ve apartmandan içeri girdi. Merdivenleri ağır ağır çıkıyor, içinden dahi olsa tek bir kelime bile etmiyordu. Anahtarıyla kapıyı açmak için kısa bir süre uğraştıktan sonra içeri girdi ve holün ışığını yaktı. Salona geçerek koltuğun yanındaki büfenin içinden daha önce açılmış viski şişesini aldı. Şişe neredeyse ağzına kadar doluydu. Kapağını açıp şişeyi kafasına dikti. Elinin tersiyle ağzını silerek koltuğa oturdu. "Neden yaptın bunu, neden, neden?" dedi kendi kendine. Viskiden birkaç yudum daha alarak, "Ulan madem siktir olup gittin, bugün neden karşıma çıkardı hayat seni. Hiçbir şey düzelmemiş işte. Sönmemiş içimdeki yangın. Sönmemiş lan işte. Kendimi kandırıyorum, hala içim yanıyor" diye söylenerek viskiyi içmeye devam etti. Bir sigara daha yakarken ağlamaya başladı. Bu sefer sessiz bir ağlama değildi bu. Hem ağlıyor hem de elindeki şişeyi kafasına dikiyordu. Ağlaması hıçkırıklara dönüştüğünde öfkesi de arttı, "Allah'ın belası kadın, neden yaptın bana bunu, he söyle neden yaptın. Allah senin belanı versin, nasıl yaparsın bana bunu, nasıl yaparsın, nasıl..."

***

Merve, annesine bakkala gideceğini söyleyerek evden çıktı. Yılmaz Bakkal içeride yalnızdı. Kapıdan girerek,

"Yılmaz Amca, telefon kartı var mı?" diye sordu.

"Var kızım, gel" dedi ve uzattı kartları. Merve içinden otuzluk olanı seçip parası ödedi ve hemen sitenin girişindeki ankesörlü telefonlardan bir tanesine geçti. Cebinden çıkarttığı kâğıtta Cemal'in telefon numarası yazıyordu. Hızlıca çevirdi numarayı. Telefon birkaç kez çaldıktan sonra açıldı.

"Alo"

"Cemal, sen misin?" dedi tedirgin bir sesle Merve.

"Evet. Merve, sen misin? Merve?"

"Evet benim. Mektubumu aldın mı?"

"Merve sen nerelerdesin, çok merak ettim seni. Nereye gittin?"

"Teyzemin yazlığındayız. Kumburgaz'da. Annem zorla getirdi bizi buraya. Kimseye de bir şey diyemedik. Sen mektubu aldın mı, onu söyle."

"Evet aldım. Fatoş verdi bana. Üç aydır aramanı bekliyorum."

"Cemal hep aklımdasın aşkım" dedi Merve.

Cemal'in yerini Alper'le doldurmaya çalışmış, fakat olmamıştı. Bu sadece gelip geçici bir heyecandı onun için. Merve'nin istediği ekonomik şartları Alper sağlayamazdı ve Merve bunun çok net farkındaydı. Aklınca bir plan yapan Merve devam etti,

"Hani bana kaçalım demiştin ya Cemal."

"Evet."

"Kabul ediyorum, kaçalım Cemal. İki gün sonra doğum günüm, on sekiz yaşımı dolduruyorum. Engel kalmıyor. Sen de hala kabul ediyorsan doğum günümün sabahı erkenden kimseye bir şey söylemeden evden kaçar gelirim."

"Merve aşkım, tabi ki kabul ediyorum ama sen gelemezsin tek başına, ben seni almaya gelirim Aydın'la". Cemal kendinden üç yaş büyük, ehliyeti ve arabası olan arkadaşı Aydın'la beraber planlayacaktı bu işi.

"Tamam aşkım. Ben seni cumartesi günü sabahı saat 04.00'da Kumburgaz'ın girişindeki lunaparkın kapısının önünde bekleyeceğim. Geç kalırsam da bekle" dedi Merve hızlıca.

"Tamam, merak etme, ben orada olacağım. Fakat annen çok merak eder. En azından neden gittiğini falan yaz bir kâğıda, bırak annene."

"Ben onu ayarlarım, sen merak etme. Unutma cumartesi sabahı saat 04.00'da lunaparkın önünde."

"Hiç unutur muyum aşkım."

"Tamam, hadi ben kapatıyorum. Seni çok seviyorum, çok öpüyorum."

"Ben de öpüyorum aşkım" dedi Cemal ve telefonu kapattılar. Kalan kontörleri kullanmak için makinenin geri verdiği kartı alan Merve bakkaldan bir paket cips alarak eve döndü.

Ertesi gün doğum günüydü. O akşam annesine ve kardeşine hissettirmeden sırt çantasına ihtiyaç duyduğu önemli kıyafetlerini ve eşyalarını koydu. Hazırlığını yapmıştı. Annesine, Cemal'le evlenmek üzere kaçtığını, onu affetmesini, bir süre sonra yepyeni bir Merve olarak geri döneceğini, merak etmemesini ve kardeşine de olup biteni hissettirmemesini tembih eden bir mektup yazdı. Akşam dışarı çıkmak istemediğini söyledi annesine. Saatini 03.30'a kurduktan sonra yatağına yattı.

Gece kolundaki saatin alarmı çalmaya başladı. Hemen gözlerini açtı, saati susturdu. Tam zamanıydı, hızlıca kalktı yataktan ve sessizce son kalan birkaç eşyayı da çantasına koydu. Giriş kapısı yerine verandadan çıkmayı tercih etti. Kapıyı açarken anahtardan ses çıkarsa annesi uyanabilir ve bütün planı altüst olabilirdi. Veranda kapısı aralıktı. Evin hava alması için tam olarak kapatmıyorlardı. Tırabzanların üstünden atlayarak evden kaçtı.

Hava henüz aydınlanmamıştı. Tan yerinin ağarmasına kısa bir zaman vardı. Dikkat çekmemek için koşmadan ama hızlı adımlarla çıktı siteden ve lunaparka doğru yöneldi. Lunaparkın önünde sinyalleri yanıp sönen arabayı gördü. Merve'yi gören Cemal arabadan inip ona doğru koştu. Merve çantasını yere bırakıp sıkıca sarıldı Cemal'e.

"Çok özledim seni aşkım" diyen Cemal'i,

"Ben de çok özledim seni aşkım" diyerek öptü Merve...

***

Sızana kadar Merve'ye söylendikten sonra halının üzerinde kendinden geçerek uykuya daldı Alper. Elindeki şişenin yarısı bitmişti, bu nedenle halının üzerinde yatık duran şişeden dışarı viski akmadı. Salonun orta yerinde ertesi gün öğlene kadar uyudu. Ne çalan kapıyı ne sabah alarmını ne de telefonu duydu. Saat 11.00'a doğru uyandı kendiliğinden. Başı çatlarcasına ağrıyor, şakakları zonkluyordu. Panikle yanında duran telefon ekranına baktı. On iki cevapsız arama vardı. Bunların en önemlileri ise patronundan gelen üç aramaydı. Patronunu arayarak hasta olduğunu, evde yattığını, baş ağrısından telefonu bile duymadığını, doktora gidip muayene olacağını söyledi. Biraz abartmıştı semptomlarını çünkü aklında yapmak istediği başka bir şey vardı.

Önce duşa girdi, üstündeki kıyafetleri çamaşır makinesine koyup yenilerini giydi. Yakınlardaki pastanede kahvaltısını yaptıktan sonra hızlıca Çatalca'ya, Merve'nin çalıştığı bankaya doğru yol aldı. Bu arada sürekli arabada bulundurduğu ağrı kesici haptan bir tane içti. En ağır ve etkili olan bu haptan başkası baş ağrılarını kesmiyordu. Çatalca'ya vardığından hap ve temiz havanın etkisi ile başının ağrısı hafiflemişti. Arabasını yine aynı otoparka koydu. Bankanın öğle tatiline az bir süre kalmıştı. Merve'nin karşısına çıkıp çıkmamak konusunda kararsızdı. Hem karşısına çıksa ne söyleyecekti, bilmiyordu. Sadece şu an onu görmek istiyordu. Yıllar önce kendisini terk edip gittiği adamla evlenmiş miydi? Ya da hala evli miydi? Çocukları var mıydı? Aklında deli sorularla birkaç sigara art arda içti. Bütün bu soruların anlamsız olduğunu, bunca yıl onu arayıp sormadığına göre ne aklında ne de kalbinde en ufak biz iz kalmadığını düşündü. Belki de haklıydı, hiçbir zaman aklına bile gelmiyordu o yaz yaşananlar. İşte bu düşünceler o terk edildiği günden beri içindeki nefret duygusunu taze tutuyordu.

Öğle tatili başladığında bankanın kapısı açıldı, içeriden boynunda kimlik kartları olan birkaç kişi çıktı. Köfte salonun önünden karşı kaldırımdaki bankayı gözetliyordu Alper. Gözündeki güneş gözlüğü onu kamufle ediyor, bir nevi gizleniyordu. Kapı tekrar açıldı, yüzü aşırı makyajlı, şişman bir kadın ile birlikte Merve çıktı bankadan. Bir şeyler konuşuyordu arkadaşıyla gülüşerek. Merve, o meşhur sesli kahkahasını atarak Alper'in yanından geçip lokantaya girdi. Fark etmedi Alper'i. Merve'nin kahkahası Alper'in kalbine bıçak gibi saplandı o an. Giderek nefreti artıyordu. Merve'nin keyfi gayet yerindeydi. Alper ise son dokuz yıl hiç böyle içten gülmemişti. "Demek ki Merve Hanım için her şey yolunda, günlerini keyifli geçiriyor. Olan bana olmuş ..mına koyayım. Ben sana yapacağımı biliyorum. Keyif neymiş göstereceğim sana aşağılık kadın" diyerek otoparktaki arabasına bindi. Sinirden gözleri kan çanağına dönmüştü. O kadar sinirliydi ki arabayı süremiyordu. Travma sonrası stres bozukluğu yaşıyordu. Bu duyguyu uzun yıllar önce birkaç kez yaşamıştı fakat son zamanlarda hiç başına gelmemişti. Merve ile birlikte kötü anılar da geri dönmüştü.

Arabayla kısa bir süre gidebildikten sonra yolun sağına yanaştı. Mimar Sinan'ın 1597 yılında yaptığı Ferhat Paşa Camisinin önündeydi. "Yüzümü yıkayıp kendime geleyim" diye düşünerek indi arabadan. Caminin avlusuna girdi. Küçük bahçesinde yüzyıllar öncesine dayanan, üzerine farşça yazılar oyulmuş mezar taşları vardı. Cemaat, caminin yüksek duvarlarla çevrili avlusuna toplanmıştı. Musalla taşındaki tabutun başında birkaç yaşlı adam duruyordu. Cenaze namazı henüz kılınmamıştı. Göz göze geldiği kişilerle selamlaşarak şadırvana yöneldi. Mermerden oyma taburaye oturarak çeşmeyi açtı ve defalarca yüzüne su çarptı. Ensesini ıslatıp kollarını yıkadı. Çeşmeyi kapatıp dışarı çıktı. Cami duvarının dibindeki banklardan birine oturarak dirseklerini dizine yaslayıp başını ellerinin arasına aldı. Biri omuzuna dokundu. "Yakının mıydı delikanlı?" dedi beyaz saçlı, beyaz sakallı elinde bastonu ile ayakta zor durabilen yaşlı adam.

"Hayır, amca. Ben tanımıyorum. Ama Allah rahmet eylesin."

"Eylesin tabi, eylesin de senin neyin var bakalım, Karadeniz'de gemilerin mi battı?" diyerek oturdu Alper'in yanına.

"Biraz önce birisi benim gözümde öldü de, nereye gömsem diye düşünüyorum."

"Ölmüş insanlar sadece toprağa mı gömülür evlat. Bazıları da kalplere gömülür. Hepimiz içimizde bir mezarlıkla yaşamıyor muyuz?"

***

Kendini zorlayarak gözünü açtığında etrafı bulanık görüyor, sadece yanı başında bekleyen Engin ve Sevgi'yi seçebiliyordu. Şezlonga uzanmış halde saçı ve tshirtü ıslaktı.

"Kendine geliyor, kendine geliyor" dedi Sevgi.

"Kardeşim, iyi misin? Yere düşünce başını vurdun. Bayılınca seni buraya taşıdık" diyen Engin'e boş gözlerle bakıyor, neler olduğunu anlamaya çalışıyordu Alper. Yaşadıkları rüya mıydı, gerçek miydi? Gözünü kapattı tekrar, neler olduğunu hatırlamaya çalıştı. İlk aklına gelen Fatma Hanımın ağlaması oldu. Kusarak yere düştüğünü hatırladığı anda,

"Merve, Merve nerde?" diyerek panikle doğruldu şezlongdan. O an iskele ile kafenin birleştiği yerde olduğunu anladı. Bir kolunu Engin diğer kolunu ise Sevgi tutuyordu.

"Kardeşim sakin ol, bir travma ya da şok geçirdin" dedi Engin. Bu bilgiyi ona sitede eczacılıktan emekli komşusu söylemişti. Alper bayılınca hemen koşup yanlarına gelen eczacı kadın ilk muayeneyi yaparak, ani şoka bağlı olarak bayılmış olabileceğini söylemişti. Engin sesleri duyunca Alper'i kucaklayarak iskeleye götürmüş, şezlongun birine yatırmıştı. Alper kendine geldiğinde, "Gitti değil mi o?" diye sordu.

"Maalesef gitmiş kardeşim. Boş ver gitsin, nereye giderse gitsin. Sen iyi ol kardeşim" diyerek Alper'e sarıldı Engin. Oturduğu yerden kalkan Alper önce ayakta sendeledi ama kendini hemen toparlayarak,

"Çantam nerede Engin?" diye sordu.

"Evde" cevabını alınca son kez üzerine basacağı sitenin yolundan ilerdi. Engin ve Sevgi arkasından takip etti. Evin önüne geldiğinde,

"Alper bu halde gidemezsin, bu gece burada kal yarın bakarız duruma" dedi Engin.

"Yapamam, gitmem lazım. Burada daha fazla kalamam."

"İyi misin peki? Gidebilecek misin?"

"Merak etme Engin, emin ol daha kötü olamam" diyerek sarıldı arkadaşına.

Otobüse arka kapıdan bindi. Kapının önündeki ilk boş koltuğa oturduğunda otobüs hareket etti. Başını cama yasladı. Gözlerinden yaşlar süzülüyor, iki saat gibi kısa bir sürede yaşadıklarına inanamıyordu. O gün kendine bir söz verdi. Karşısına bir fırsat çıkarsa intikamını alacaktı Merve'den, bunu ne olursa olsun yapacaktı...

***

İmamın sesi duyuldu, cemaati cenaze namazına davet ediyordu. Alper'in omuzundan ve bastonundan destek alıp kalktı yaşlı adam banktan. Ağır adımlarla avluya doğru ilerledi. Alper kararını o an verdi. Yıllar önce kendine verdiği sözü tutacak, o gün ne yaşadıysa aynısını Merve'ye de yaşatacaktı. Bir sigara yaktı, bitene kadar düşündü. Aklına bir plan geldi. Şayet hala Cemal'le evliyse onun bir başka kadınla beraber olmasını sağlayacak ve Merve'nin de bunu öğrenmesine sebep olacaktı. İşte planı buydu. Basit, etkili bir plandı ve böylece Merve de aynı berbat duyguları hissedecekti. Planından kimseye bahsetmeyecek ama vaz da geçmeyecekti. Ferhat Paşa Camisinde başladığı intikam süreci bakalım nerede son bulacaktı.

3

O gün sabah Alper dinlenmiş, uykusunu almış olarak kalktı yataktan. Hazırlıklarını yaparak evden çıktı, arabasına bindiğinde, her zamanki gibi Metro Fm'i açtı. İş yerine geldiğinde vakit kaybetmeden patronunun odasına gitti. Geçirdiği son iki ay çok bunaldığını, izin kullanıp bir süre kafasını dinlemek istediğini, tatile ihtiyacının olduğunu söyledi. Patronu Alper'e iş yerinde olmayacağı günleri organize edip, ekibine iş dağılımını yapmasını rica ederek izin kullanabileceğini söyledi. Alper patronunun dediklerini yaparak iş yerinden ayrıldı. İzinli olduğu günlerde de araba onda kalıyor fakat yaktığı mazotu kendi karşılıyordu.

Ara sıra eski okul arkadaşlarıyla takıldığı Büyükçekmece sahilindeki restorana gitti. Restoranın bahçesinde denize nazır manzara vardı. Denize en yakın masaya oturarak bira ve çerez sipariş etti. Önceki gün aldığı kararı burada sakin kafayla değerlendirecek ve intikam planının ayrıntılarını hazırlayacaktı. Önce Merve'nin hala evli olup olmadığını, evliyse kimle evli olduğunu öğrenmeliydi. Nerede oturduğunu, şayet eşi varsa ne iş yaptığı, çocuğu olup olmadığı gibi detaylar onun için önemliydi. Bu özel bilgileri kadınlar yine samimi oldukları kadınlara anlatırdı. Alper'in ilk aklına gelen kişi Alev oldu. Alper'e yardımcı olabilecek en doğru insan Alev'di. Masanın üstüne koyduğu telefonu alarak Alev'i aradı,

"Kuzum" diye açtı telefonu Alev.

"Alev naber? Nasılsın?"

"İyiyim kuzum, sen nasılsın?"

"Ben de iyiyim. Müsaitsen yanına geleceğim, seninle çok önemli bir konu konuşmam gerekiyor."

"Tatlım kuafördeyim, iki saate işim biter. Şu an bir randevum yok. Sen eve mi gelmek istiyorsun?"

"Alev, fark etmez, rahat konuşabileceğimiz bir yer olsun."

"Tamam, beni iki saat sonra kuaförden al."

Alper sık sık Alev'i kuaföre götürüp getirmişti. Alev'in evinin yakınındaki kuaförün yerini biliyordu.

"Anlaştık, iki saate oradayım" diyerek telefonu kapattı.

Dakikalarca kıyıda balık tutanları izledi. Bir bira daha içtikten sonra hesabı ödeyerek yola koyuldu.

Alev kuaförde kahvesini yudumlarken kapıdan içeri Alper girdi.

"Geldi benim yakışıklım" dedi Alper'i görünce.

"Hadi, gidelim işin bittiyse" dedi Alper.

"Acelen ne kuzum, dur kahvemi içeyim."

"Ben sana ısmarlarım kahve" diyerek Alev'in çantasını aldı Alper.

"Tamam, hadi ben kaçtım, öptüm sizi şekerler" diyerek kuaförde çalışanlara seslendikten sonra arabaya binen Alev, Alper'e doğru dönüp,

"Kuzum acelen nedir? Bir şey mi oldu?"

"Alev, sorma neler oldu neler. Hepsini anlatacağım ama önce bir yerde oturalım."

"Vallahi merak ettim" dedi Alev.

Avcılar sahilindeki kafelerden birinin önüne park etti arabasını Alper. Etrafı boş olan bir masayı tercih edip oturdular. Yanlarına gelen garsona iki filtre kahve ve iki dilim pasta sipariş ettiler. Alev meraktan çatlıyordu. Alper garson masadan ayrılır ayrılmaz konuya girdi. Merve'yi gördüğü andan itibaren olanları tek tek anlattı. Nefretini, kızgınlığını ve Merve'den intikam almak istediğini söyledi. Alev,

"Nasıl olacak bu?" diye sordu Alper'e.

"Senden bana yardım etmeni istiyorum."

"Nasıl bir yardımmış bu?"

"Merve'nin çalıştığı bankaya gideceksin. Onunla ilgili tüm bilgileri alacaksın. Şayet eşinin adı Cemal ise, onun da bilgilerini, nerede çalıştığını, ne iş yaptığını öğrenmen gerekiyor. Sonra asıl plana geçeceğiz."

"Dur bir dakika, kadın bu bilgilerin hepsini bana söyleyecek mi?"

"O da sana kalmış Alev. Sen halledersin" dedi Alper göz kırpıp, sırıtarak.

"Ağzım laf yapar evelallah. Bu bilgileri aldık diyelim. Sonra ne yapacağız kuzum?"

"Sonra Cemal'i ayartacaksın."

"Yuh, daha neler. Saçmalama Alper. Nasıl plan bu böyle? Ne geçecek eline?"

"Sen Cemal'le beraber olurken, ben de Merve'nin bunu görmesini sağlayacağım."

"Alper, bu söylediklerin mümkün değil. Başımı belaya sokacaksın."

"Alev, seninle ilgisi olmayacak. Ben her şeyi planladım. Merak etme, senden sadece bana yardım etmeni istiyorum ve bunun bir karşılığı olacak."

"Nasıl bir karşılık bu?" dedi Alev kaşlarını çatarak.

"Sana bu işin karşılığında üç bin lira veririm" dedi Alper. Miktarı duyan Alev bir süre sessizce düşünüp kahvesinden birkaç yudum aldıktan sonra,

"Tamam, kabul ediyorum, ama işin sonunda bir aksilik olursa ne sen beni tanıyorsun, ne de ben seni. Anlaştık mı?"

"Tamam, anlaştık Alev. Çok teşekkür ederim. Bu iyiliğini asla unutmayacağım."

"Peki, ne zaman gidiyoruz Merve'ye?"

"Yarın sabah gideceğiz. Seni almaya gelirim. Ben yanında olacağım zaten" diyen Alper kahveler bittikten sonra Alev'i evine bıraktı.

Alev evine davet etti Alper'i. Fakat Alper yolda Engin'le konuşup akşam dışarıda yemek için sözleşmişti. Alev bunu biliyordu ama yine de davetini yapmıştı. Alper kibar bir dille geri çevirip, bir sonraki sefere bunu telafi edeceğinin sözünü verdikten sonra Engin'le buluşacakları İncirli Caddesinin üzerinde bulunan bir AVM'nin üst katındaki restorana geldi. Engin kısa süre önce gelmiş Alper'i bekliyordu. Engin,

"Kardeşim, hoş geldin" dedi Alper'e sarılarak.

"Hoş bulduk. Çok bekletmedim, değil mi?"

"Yok yok, ben de biraz önce geldim zaten" dedi Engin. Masaya karşılıklı oturdular.

Bir kaç klasik sohbetten sonra asıl konuya geldi Engin,

"Alper, bugün seni neden buraya çağırdığımı tahmin ediyorsundur."

"Ben de ne zaman o konuya geleceksin diye merak ediyordum" diye karşılık verdi Alper sırıtarak.

"Peki, sen iyi misin kardeşim? Onu, yani Merve'yi gördükten sonra iyi misin?"

"Engin, sana yalan söyleyemem. Çok depresif bir haldeyim. Ne düşüneceğimi, ne diyeceğimi bile bilmiyorum. Keşke görmeseydim onu, hatta hiç ama hiç tanımasaydım. Çıkmasaydı karşıma tekrar. Gitmeseydim peşinden. Boktan hayatımı daha da boktan bir hale sokmasına ne gerek vardı. İçimdeki nefret hiç bitmemiş. Tüm duygularım iç içe geçti. Allah belasını versin onun" derken masayı yumrukladı. Sesi duyanlar dönüp baktılar, Engin "sorun yok" der gibi başıyla işaret etti ortama. Alper,

"Ama intikamımı alacağım, bu yaşadıklarım tesadüf olamaz, hayat bana bir şans verdi. Acıdı bana hayat, yeter dedi, al intikamını" derken bardağın yarısına kadar dolu rakıyı bir seferde soluksuz içti.

"Saçmalama lan, ne intikamı, kendine gel. Bırak gitsin oğlum yoluna. Ne hali varsa görsün" dedi Engin sinirle. Alper o sırada bardağını dolduruyordu. İçkisini sert yaptı bu sefer. İçine bir buz attıktan sonra,

"Ne yani, şimdi bütün bu olanları yanına mı bırakacağım, hiçbir şey olmamış gibi hayatıma devam mı edeceğim, bana yaptığı ihanetin hiçbir cezası olmayacak mı, her şey unutulup bir kenara mı atılacak? Hayır, Engin, ben kendime bir söz verdim kardeşim. Bu yaptıklarını o aşağılık kadının yanına bırakmayacağım" dedi sinirle.

"Yıllardır bitmedi bu konu, örtemedin üstünü. Ben sana 'psikoloğa devam et' dedim, sen ne yaptın; gitmedin. Sana kaç tane kız arkadaş bulduk, tanıştın, gezdin sonra hiçbirini istemedin, sebepsiz yere bıraktın oğlum kızları. Nedir bu saplantı yıllardır bitmeyen?"

"Oğlum hazmedemiyorum işte, anlamıyor musun? Madem o adamı seviyordu benimle ne işi vardı. Ben onunla ne hayaller kurdum. O geçirdiğim üç ay hayatımın en iyi günleriydi. Ama bak koskoca bir yalanmış. Merve Hanım gönül eğlendirmiş. Ulan ben oyuncak ayı mıyım hevesini alınca beni kenara atsın."

"Abartıyorsun Alper, herkes en az bir kere terkedilmiştir birileri tarafından. Bu dünyada sadece sen değilsin terk edilen. Etrafına bak, bak şu insanlara. Annesi çocuğunu bırakıp gidiyor, seni Merve bırakıp gitmiş ne olur ki. Ailen var, arkadaşların var, sevdiklerin var."

"Benim sevdiğim gitmiş, beni sevseler ne olur ki?"

"Alper, sen iyice saçmaladın. Ben bu saplantıdan kurtulmuşsun sanmıştım ama sende düzelen bir şey yok kardeşim. Hadi kalkalım. İntikam falan gibi şeyleri de kafandan çıkart, lütfen normal hayatına geri dön."

"Sen merak etme Engin" derken ondan birçok şeyi gizlemişti Alper. Birer kahve içip masadan kalktılar.

4

Saat 09.10'da apartmanın kapısının önüne geldi Alper. Telefonuyla Alev'i aradı. "Geldim kuzum, geldim" diyerek telefonu kapatır kapatmaz kapıda gözüktü. Alper'in içinde bir mutluluk vardı. Oyun gibi geliyordu ona yapacakları, basit bir oyun. Her alacağı bilgi oyunun bir parçası olacaktı. Parçaları birleştirip büyük resme bakınca aklındaki hamleleri yapacak ve Merve'yi şahmat edecekti.

Yol boyunca sessiz kaldılar arabada. Neredeyse hiç konuşmadılar. Alev'in üzerinde gerginlik vardı. İlk defa böyle bir oyunun içinde olacaktı ki zaten kaç kişi bu oyunu oynardı. Vazgeçemezdi, çünkü Alper kartları dağıtmıştı.

Bankanın önüne kadar geldiler. Alper, Alev'e Merve'yi tarif etti. Saçına, kaşına, gözüne kadar anlattı. Arabayı otoparka aldıktan sonra bankanın karşı kaldırımına geçip bir sigara yaktı.

Alev bankanın kapısından içeri girdiği sırada güvenlik görevlisi kibar bir şekilde, "Hoş geldiniz" diyerek karşıladı onu. Centilmen adama teşekkür ettikten sonra kredi almak için, müşteri temsilcisi ile görüşmek istediğini söyledi. Numaratörden bir numara verip yukarı çıkmasını söyleyen adama yine teşekkür ettikten sonra ince topuklu ayakkabılarının çıkardığı sesle dikkatleri üzerinde toplayarak merdivenleri çıkmaya başladı. Hâlbuki Alper ona dikkat çekmemesi gerektiğini tembih etmişti. Fakat Alev'in karakteri böyleydi. Girdiği ortamda tüm gözler üzerinde olsun isterdi. Ayakkabısının topuklarını vura vura çıktığı merdivenlerin sonuna geldiğinde telefonu sessizde çalıyormuş gibi çantasından çıkardı ve yalandan konuşmaya başladı. Bir yandan karşısında olmayan kişiyle muhabbet ediyor bir yandan da Alper'in tarifine uyan kişiyi bulmaya çalışıyordu. Nihayet aradığı kişiyi bulunca telefonunu kapattı. Merve'ye yaklaştı ve

"Müsait misiniz?" diye sordu gülümseyerek. Masadan kafasını kaldıran Merve,

"Numaranızı takip edin lütfen, size yardımcı olacağız" derken ilgisiz bir tavır sergiledi. Alev masaya yaklaşarak,

"Ben kredi kullanmak için bilgi almak istiyorum. Arabam uygunsuz bir yerde. Rica etsem siz bana bilgi verir misiniz? Çok vaktim yok da" dedi. Merve derin bir iç çekerek,

"Peki, buyurun oturun. Ben size yardımcı olayım" dedi. Alev'in taktiği işe yaramıştı. Bu bahaneyle sohbete başladı.

Alper dışarıda yerinde duramıyor, dakikaları sayıyordu. On beşyirmi dakika sonra Alev çıktı kapıdan. Dikkat çekeceğini zannederek sokağın başına doğru yürürken Alper arkasından takip etti. Banka görüş mesafesinden çıkınca Alper yanına gelerek neler olduğunu sordu. Alev,

"Maalesef kuzum kayda değer bir şey öğrenemedim. Her sorumu geçiştirdi kadın. Ne ukala şey öyle. Ben soru sordukça o rahatsız oldu."

"Hiçbir bilgi yok mu yani?" derken çaresiz gözlerle bakıyordu Alev'e.

"Evli olduğunu ve çocuğu olmadığını öğrendim, o kadar."

Hayal kırıklığı yaşadı ama daha işin başında vazgeçemezdi Alper. İlk hamleden bir sonuç çıkmayınca başka bir şey düşündü. Merve'yi takip edip evini öğrenecek ve onu izleyecekti. En mantıklısı buydu ve evi öğrendikten sonra neler yapacağına karar verecekti.

"Seni eve götüreyim" dedi Alev'e.

Yanına bir şapka alıp bankaya geri döndüğünde paydos vakti yaklaşmıştı. Merve bankadan çıkana kadar bekledi. Onun içeride olup olmadığını bile bilmiyordu fakat şansını denemek istedi. Güvenlik görevlisi sürekli aynı kişiyi görürse şüphelenebilirdi. Sabırsızlıkla bekledi, bekledi... Nihayet Merve kapıda görünür görünmez güneş gözlüğünü ve şapkasını taktı.

Merve arkadaşlarına, "hoşça kalın" dedikten sonra sokağın diğer ucuna doğru yürümeye başladı. Bankadan çıkan diğer kişilerden farklı bir yöne doğru gidiyordu. Alper arasına mesafe koyarak takip etmeye başladı ki cebindeki telefonunun titrediğini fark etti. Arayan Engin'di. Cevaplamadan kapattı telefonu. İzine ayrıldığını bilmiyordu Engin ve şu an onunla konuşacak durumda değildi. Merve sokağın sonundan sola doğru döndü. Hafif yokuş yukarı olan sokağın sonu uzun ve dar bir caddeye bağlanıyordu. Hızlı adımlarla rampayı çıkan Merve caddeden karşıya geçti. Alper karşıya geçmeden Merve'nin hangi tarafa döneceğini bekledi. Merve caddenin sağına doğru dönerek yürümeye devam etti. Biraz uzaklaşınca Alper arkasından takip etti. Dört yol ağzına bağlanan yolun sol tarafında ince, dar bir sokak vardı. Merve buraya yöneldi. Sokakta sağlı sollu dizilmiş küçük köy evine benzer müstakil evlerin bahçeleri birbirine bitişikti. Merve 13 nolu evin küçük bahçesinden içeri girdi. Üç basamakla çıkılan evin giriş kapısı bahçeye açılıyordu. Çantasından anahtarı çıkardı ve kapının kilidini çevirmeye başladı. Alper izlemeye dalmıştı ki arkasından gelen arabanın kornasıyla sıçradı yerinden. "Lan, hayvan oğlu hayvan, ödümü patlattı" diye kendi kendine söylenerek kenara çekildi. Araba aynı evin önünde durdu. Kapısı açıldı, içinden kendi yaşında bir adam inerek kapıyı açmakta olan Merve'ye,

"Hayatım, ben geldim" diye seslendi. Alper'in kursağı düğümlendi. Yutkunamadı. Duyduğu söz yumruk gibi oturdu boğazına. "Hayatım mı? Sen benim hayatımı çaldın şerefsiz adam. Eğer bu kişi sensen ben sana hayatının ne olduğunu göstereceğim" diye söylenerek cebinden telefonunu çıkardı. Arabaya biraz daha yaklaşarak dikkat çekmeden plakayı fotoğrafladı. Saatine baktı, 18.12'yi gösteriyordu. Evin de fotoğrafını çekmeye karar verdi ve tamamının kadraja sığması için evden biraz uzaklaştı, "Demek burada yaşıyorsun Merve Hanım" diyerek fotoğrafı çekti.

***

Fatoş koşa koşa gitti Cemal'in evine. Merve'nin mektubunu ulaştırmalıydı. Gerçi sabah erken çıkamamıştı ama olsun, çok geç olmadan verecekti mektubu. Geniş bahçenin duvar kenarına geldiğinde soluk soluğa kalmıştı. Ihlamur ağacının gölgesinde bir süre dinlendikten sonra eve doğru baktı. Cemal elinde çapayla çiçek diplerindeki yabani otları temizliyordu. Güneşten kararmış yüzü solgun ve moralsiz gözüküyordu.

"Cemal, Cemaaaaalll!" diye bağırdı Fatoş duvar dibinden. İçeri girmek istemedi, hemen eve dönmesi gerekiyordu. Fatoş'u gören Cemal şaşkın bir yüz ifadesiyle Fatoş'un yanına gelerek,

"Fatoş, hayırdır? Senin ne işin var burada?" diye sordu.

"Cemal, sana vermem gereken bir şey var. Merve giderken sana mektup bıraktı."

"Nereye gitti Merve!"

"Ben de bilmiyorum. Sabah bana geldi, 'ben gidiyorum ama nereye diye sorma, söylemem' dedi. Bir mektup yazmış sana" diyerek pantolonun arka cebinden çıkardığı mektubu uzattı. Cemal aldı mektubu,

"Teşekkür ederim Fatoş. Başka bir bilgi alırsan lütfen bana haber ver."

Fatoş, "Tamam, görüşürüz" diyerek geldiği yoldan hızlı adımlarla geri döndü.

Cemal elindeki çapayı gelişi güzel attı yere, ellerine bulaşan toprağı pantolonuna sürterek temizledikten sonra zarfı dikkatlice açtı. İçindeki mektubu çıkartıp okumaya başladı:

"Unutmadığım Aşkım Cemal,

Ben bir süreliğine köyden gidiyorum. Nereye gittiğimi sana söyleyemem, bunu sana söylemediğim için lütfen kusura bakma. Her şeyi sana zamanı geldiğinde anlatacağım. Sadece yazın burada yokum ama geri döneceğim. Seni mutlaka arayacağım, benden haber bekle lütfen.

Seni seven aşkın Merve..."

Banyoda alelacele yazdığı kısa mektup yerine ulaşmış ve böylece Cemal'in içinde küllenmeye başlayan aşkı yeniden kor hale getirmişti. Merve'nin onu unutmaması, hala seviyor olması Cemal'in bütün umutlarının yeşermesine sebep olmakla beraber hayallerinin üzerine örttüğü perdeyi tekrar açmasını sağlamıştı.

Yaz boyunca Merve'den haber bekledi Cemal. Evdekilere tembih etmişti; "Merve ararsa mutlaka bana ulaşın" diye. Bütün bir yaz boyunca kurduğu hayaller Merve'nin doğum gününe birkaç gün kala gerçekleşti.

Cemal semt pazarından henüz dönmüştü ki evin telefonu çalmaya başladı. Açtığında karşısında konuşan Merve'yi duyduğu andaki mutluluğu o yaşına kadar hiç yaşamamıştı. Merve doğum günü sabahı evden kaçmaya hazır olduğunu, evlenme teklifini kabul ettiğini söylüyordu.

Arkadaşı Aydın'la beraber Merve'yi almaya gittiler. Planına Aydın'ı dâhil etmesinin nedeni; hem arabasının olmasıydı hem de köyde en güvendiği arkadaşı oluşuydu. Merve ile sözleştikleri yerde buluşup İstanbul'un kendilerine göre en ters taraftaki ilçesi olan Şile'nin şirin köyü Ağva'ya gittiler. Burada küçük bir pansiyona yerleştiler. Önce pansiyon sahibi onları almak istemedi. Aynı odada kalamayacaklarına kanaat getiren pansiyon sahibine iki ayrı oda teklifinde bulunduklarında aynı adamdan, "Tamam, o zaman olur" cevabını almışlardı. Kendine göre gerekli ahlaki durumu bir duvarla sağladığını sanan pansiyon sahibine ödeme yaptıktan sonra Aydın'ı köye yollayıp Cemal'in ailesine olup biteni anlatmasını istediler. Aydın nerede olduklarını söylemeyecek sadece evlenmek üzere kaçtıklarını haber verecekti. Üzerine düşen görevi yapan Aydın, haberi verdikten sonra ortalıkta fazla gözükmedi.

Merve'nin kaçtığı gün Fatma Hanım Hüseyin'i arayarak olup biteni anlattı. Hüseyin her ne kadar arayıp tarasa da Merve ve Cemal'i bulamadı. Sadece Aydın'a ulaşabilen Hüseyin, onu ayaküstü kısa bir sorguya çekti. Aydın olup bitenin sadece Cemal'in müsaade ettiği kadarını anlattı. Hüseyin öğrenebildiği kadar bilgiyi Fatma hanıma aktardı. Merve'nin ne yapmak istediğini çok iyi bilen, ayrıca kendini koruyabilecek kadar akıllı bir kız olduğuna emin olan Fatma Hanım, kızının evden kaçmasında da payı olduğunu düşünüyordu.

Cemal ile Merve Şile Belediyesine gidip evlenmek için başvuru yaptılar. Gerekli evrakları tamamlamak için biriki güne ihtiyaçları vardı. Belediye memuruna hemen evlenmek istediklerini, törene gerek duymadıklarını, bu acele davranışın dikkat çekmemesi amacıyla yurtdışına gitme yalanını söyledikleri için üç gün sonrasına nikâh tarihi almayı başardılar.

Nikâh için gerekli belgeleri iki günde tamamlayıp belediyeye teslim ettiklerinde nikâh memuru resmi tarih için kayıt yaptı. Evlenmelerine yirmi dört saat kalmış, korkuları ve heyecanları birbirine karışmıştı. Cemal aynı günün akşamı ailesini arayarak Merve'yle evlenmek üzere olduklarını söyledi. Cemal'in ailesi hiçbir zaman Merve'ye karşı çıkmamıştı. Fakat Fatma Hanımın ne düşündüğünü de gayet iyi biliyorlardı. Hatta Cemal'in babası haberi alınca her ne kadar dile getirmese de içten içe sevinmişti. Nihayetinde biricik evladını mutsuz görmek istemiyordu. Bu duruma eşinin bir süre sonra alışacağına da emindi.

Hayat, Alper'le ilk tanıştığı günkü elbiseyi bu sefer Merve'ye gelinlik olarak giydirmişti. Merve'nin beyaz elbisesi birisi için hayal olurken bir diğeri için gerçek olmuştu. Kim bilebilirdi ki bir elbisenin bir avuç insanın dönüm noktası olacağını. Merve "Evet" deyip imzayı düşünmeden atarken geride bıraktığı yıkık bir kalbin obsesyon tedavisine direnç göstererek karşısına çıkacağını bilemezdi. Bu sonu bir bakıma kendi hazırlamıştı.

Evlilik cüzdanını Merve kaptı nikâh memurunun elinden. Belediyenin iki çalışanına şahitlik yaptıkları için teşekkür ettikten sonra otele döndüler. Merve annesinin yazlığı bırakıp köye döndüğünü tahmin ederek evi aradı. Tahmini doğruydu, annesinden defalarca özür diledi. Anne yüreği dayanamadı tabi. Kızını affeden Fatma Hanım,

"Dönün, konuşalım aileler anlaşsın, haber köyde çok fazla yayılmadan düğünü yapalım" dedi. Cemal'de ailesini ikna ettikten sonra beraber köye döndüler.

İki aile bir akşam Cemallerin evinde bir araya geldi. Çocuklara kızmışlardı ama aşkın karşısında ne durabildi ki onlar duracaktı.

Düğün tarihini belirlediler. Vakit kaybetmeden yapacakları düğün her iki aile içinde önem arz ediyordu.

Düğün Öncesinde bütün evlilik ritüellerini yaparak hazırlıkları tamamladıktan sonra, Cemal'in babası kesenin ağzını açtı. Cemal ve arkadaşlarının gayretleriyle aylarca konuşulacak bir eğlence tertiplediler.

Cemal'in babaannesinden kalan bir ev vardı Çatalca'nın merkezinde. Küçük bahçeli, iki odalı bir köy eviydi. Yaşlı kadın hastalıkla mücadele ediyordu. Eşi uzun yıllar önce tarla da kalp krizi geçirerek vefat edince tek başına yaşamaya başlamıştı. Hastalık döneminde bakıcı tutulmuş olsa da yaşlı kadını Azrail bir gece tek başına yakalamıştı. Cenaze işlerinden birkaç hafta sonra babası Cemal'e,

"O ev senindir, istediğin gibi tadilat yapabilirsin" demişti. Cemal ise evdeki bütün eşyaları fakir fukaraya dağıttıktan sonra evi boş olarak kendi haline bırakmıştı. Merve'yle evlilik planları yaparken evden ona bahsetmiş, içinde yapacakları tadilattan sonra küçük şirin bir eve sahip olabileceklerini söylemişti. Merve bu fikre bayılmış, böylece köyden kurtulup ilçe merkezine taşınmış olacaktı.

Düğünden birkaç hafta sonra Merve'nin zevkine göre Cemal tadilatı yaptırdı, evin eşyalarını da satın aldıktan sonra eve yerleştiler.

Merve evlilikle üniversiteyi birlikte yürüterek bankacılık bölümünden mezun olmayı başardı. Cemal'in annesi ise o yıllarda kansere yakalandı. Annesinin tedavisi için babası elinde ne var ne yok satmaya başlamıştı. Tedavinin ve kullanılan ilaçların masrafı çok ağır geliyordu aileye. Hatta bazı ilaçları yurtdışından getirtiyorlardı. Cemal de ailesine destek olarak annesini hastalıktan kurtardılar kurtarmasına ama babasının elinde bir evi bir de emekli maaşı kalmıştı. Cemal ise babaannesinden miras kalan evde oturmaya devam ediyordu.

Tarlaların tamamı satıldıktan sonra Cemal çiftçiliği bırakıp Büyükçekmece'deki bir giyim mağazasında, Merve ise oturdukları eve çok yakındaki bir bankada çalışmaya başladı. Aldıkları maaşla köydeki arkadaşlarına nispeten daha rahat bir hayat sürüyorlardı. Fakat bir eksikleri vardı; çocuk. Tüm çabalarına rağmen çocukları olmuyordu. Yapılan tetkiklerde herhangi bir soruna rastlanmıyor, fakat başarılı da olamıyorlardı. Tüp bebek, aşılama gibi yöntemleri denemeye başlayalı epeyce zaman olmuştu.

***

Evlilikle geçen 9 yılda Merve'nin aklına Alper hiç gelmedi değil, tabi ki geldi. Evlendikten kısa bir süre sonra Sevgi'yi aramıştı. Onunla konuşmaya çalışmış ama Sevgi tepki gösterip tüm olup biteni anlatmıştı Merve'yi suçlayarak. Alper'e o gün neler yaşattığını, herkesten sakladığı sırrını neden paylaşmadığını sorgulamıştı. Terk edişinin hainlik olduğunu ve bir daha asla aramamasını söylemişti. Merve duydukları karşısında pişmanlık hissetmedi. "Ben ona herhangi bir söz vermedim" dedi kendi kendine. Yaşadıklarına sadece yaz aşkı olarak bakmıştı. Annesi ve Merve bir daha hiç o yazlığa gitmediler, Merve de bir daha hiç aramadı Sevgi'yi. Birkaç kez sadece Alper'in ne yaptığını, nerelerde olduğunu merak etmişti, o kadar. Aslında çok yakınında olduğunu, hatta evine kadar gelip izlediğini hiç ama hiç tahmin bile edemezdi.

Alper sürekli gittiği meyhanede aldı soluğu. Bakırköy'ün eski semt meyhanelerinden biriydi ve genellikle akşamcılar diye tabir edilen, eve gitmeden önce iki tek atmak için uğrayanların mekânıydı. Ermeni kökenli işletme sahibi Alper'i görünce,

"Buyur delikanlı, hoş geldin" dedi içeri buyur ederek.

"Hoş bulduk Ardavan Dayı" diyerek duvar köşesindeki iki kişilik masanın bir tarafına oturdu. 35'lik rakı, üç çeşit meze ve bir de ara sıcak söyledi.

Meyhanede geç saatlere kalmadan evine döndü. Sabah erkenden kalkıp Merve'nin evinin önünde pusuya yatacaktı. Yatağına geçmeden gündüz çektiği fotoğrafları kendi email adresine göndererek güvence altına aldıktan sonra saatin alarmını kurup, kafasında bin bir düşünce ile uykuya daldı.

5

Merve'nin evinin önüne geldiğinde saat 06.47'yi gösteriyordu. Yeterince erken gelmişti. Cemal'in arabası bahçe kapısının önünde duruyordu. Alper görebileceği bir açıya arabasını park ederek evin bahçesini gözetlemeye koyuldu. Arabasının camları iki numara film ile kaplıydı, bu nedenle dışarıdan içerisi gözükmüyordu. Yaklaşık bir saat sonra evin kapısında hareketlenmeler oldu. Dışarı ilk Cemal çıkarak arabasına bindi, motoru çalıştırmadan içinde beklemeye başladı. Alper kısa bir süre sonra Merve'yi gördü evin kapısında. Onu her gördüğünde sanki Merve'nin saçlarının kokusunu içine çekiyor gibi derin bir nefes alıyordu. Hala âşık mıydı ona yoksa nefret mi ediyordu, kendisi bile bilmiyordu.

Merve kapıyı kilitledi, bahçeden dışarı çıkarak Cemal'in arabasının yanına kadar geldi. Fakat binmedi, arabanın açık camından Cemal ile kısa bir şey konuştuktan sonra ayrılarak yürümeye başladı. Cemal o sırada motoru çalıştırdı, kısa bir korna sesiyle Merve'ye hoşça kal diyerek yanından geçti. Alper de arabasını sürerek takibe başladı.

Büyükçekmece'ye geldiklerinde E5 karayolunun altından sahil tarafına geçti, yolun sağından ilerlemeye devam etti. Alper yakın takipteydi. Uzun ve geniş caddenin bir bölümünde giyim mağazaları sıralanmıştı. Kadın kıyafetleri satan kırmızı tenteli butiğin önene geldiğinde dörtlüleri yakarak aracını park etti Cemal. Ona kaldırıma yanaşması için genç bir çocuk yardım etti. Alper yolun diğer tarafında durup onu izlemeye koyuldu. Cemal çocuğa önce bir şeyler anlatıp, cebinden çıkardığı parayı eline tutuşturarak onu bir yere yolladı. Sonra dükkândan aldığı birkaç elbiseyi elindeki uzun tahta sopayla tentenin altına gerilmiş olan kalın ipe astı. "Demek ki Cemal burada çalışıyor" diye mırıldandı Alper. İçindeki dürtü ona, "Git konuş" diyordu. Tutamıyordu kendini, tanışıp konuşma isteği geliyordu içinden. Daha fazla dayanamayarak attı kendini arabadan dışarı. Birkaç kez dükkânın önünden geçti bilerek. İçeriyi süzüyor, Cemal'i merak ediyordu. Acaba o muydu? Cemal denen Merve hırsızı bu kumral adam mıydı? Verdiği ani kararla kendini kapıdan içeri atarak,

"Merhabalar" dedi Alper.

"Merhaba, hoş geldiniz."

"Hayırlı sabahlar, hayırlı işler."

"Çok teşekkür ederim efendim." Alper ortalığa göz gezdirdikten sonra,

"Sizde sadece bayan kıyafeti mi var?"

"Evet, sadece bayan. Kendinize bir şey bakıyorsanız yan tarafta bir yer var."

"Ha yok yok, ben eşime hediye bakıyorum" dedi Alper. Aklına gelen ilk yalan buydu. Kız arkadaşıma, kız kardeşime ya da anneme de diyebilirdi. Fakat ağzından istemsizce, "Eşim" sözü çıktı.

"Eşiniz nelerden hoşlanır. Size yardımcı olayım. Özel bir gün falan mı var?"

"Evet, doğum günü, ben onu doğum günleri hiç yalnız bırakmam."

"Ne güzel efendim, elbise, tshirt ne isterseniz bakabilirsiniz."

"Bu arada ben Alper" dedi elini uzatarak. Bunu yapmalıydı çünkü muhabbeti daha fazla uzatamayabilirdi.

"Ben de Cemal, memnun oldum efendim." Alper'in kanı çekildi. Bütün yaşadıkları bir film şeridi gibi gözünün önünden geçerken Cemal'e gözünü kırpmadan bakıyor, tokalaşmak için tuttuğu eli daha da sıkıyordu. Cevap verdiği sırada Cemal'in ağzının ortasına yumruğu çakıp, onu dükkânın içinde evire çevire dövmek geliyordu içinden. Cemal ona sırıttıkça "Nasıl kaptım Merve'yi elinden" dediğini hayal ediyordu Alper. Gözleri kızarmaya, burnundan solumaya başladı.

"İyi misiniz?" diye sordu Cemal endişeli bir sesle. Aslında Alper rahatsız edici kibarlıktaki adamın sorduğu soruya farklı birçok cevap verebilirdi. Ne kadar berbat hissettiğini, hayatının içine sıçıldığını, psikolojik problemler yaşadığını, kimseye güvenmediğini, sağlıklı ilişki kuramadığından dolayı yıllarca bir eskortla beraber olduğunu, yıllar önce sigaraya başladığını, alkolü haddinden fazla aldığını, ailesini ihmal ettiğini ama bunu isteyerek veya bilerek yapmadığını, kendisi kabul etmese de obsesif kompulsif bozukluğu olduğunu söyleyebilirdi. Bunların hiçbirini tercih etmeyerek,

"Evet, evet iyiyim. Aklıma bir şey takıldı da ona daldım. Kusura bakmayın" dedi.

"Hiç önemli değil."

"Ben fazla vaktiniz almayayım, bu kırmızı bluzu seçtim, hediye paketi yapar mısınız?" diyerek ilk gözüne kestirdiği kıyafeti seçti.

Elindeki poşetle çıktı dükkândan. Yaptıklarına inanamıyordu. Cemal'le tanışıp konuşmuştu. "Suç kimde?" diye düşündü, "Merve'de mi? Cemal'de mi? Hangisinde?" Ne önemi vardı ki, sonuçta ortada bir ihanet ve bunun hesabını sormaya çalışan birisi vardı.

Soluğu Alev'in evinde aldı. Yoldan onu aramış, evde olduğunu öğrenince yanına gelmişti. Alev kahveleri yaptıktan sonra salonundaki koltukta onu bekleyen Alper'in yanına gelerek,

"Al bakalım kuzum. Sade kahve senin. Anlat bakalım neler oldu. Ne boklar yedin?" dedi gülerek. Alper yaptıklarını ayrıntısına kadar anlatırken Alev nefes almadan onu dinliyordu. Sanki her şeyi baştan yaşıyor gibi heyecanlı ve gergin olan Alper,

"Şimdi hamle sırası yine sende Alev."

"Ne yapıcam ben kuzum?"

"Cemal'in çalıştığı mağazaya gidip, daha önce konuştuğumuz gibi onu ayartacaksın."

"Bak kuzum, yine söylüyorum. Bu yaptığımız yanlış bir şey. Ben kötü şeyler olacağını hissediyorum. İçimde sıkıntılı bir his var."

"Hay senin hislerine başlayacağım ben Alev."

"Çok ciddiyim ama ben kuzum. Alper gel vazgeçelim boş ver ne hali varsa görsün. Allah'ından bulsun diyelim."

"Alev, sen bana yardım edecek misin, etmeyecek misin?"

Alev bu kesin net soru karşısında onca yıl geçirdikleri günleri, Alper'in yaşadığı durumun ne kadar zor olduğunu, ona bir şans vermesi konusunda emin olmamakla birlikte bunu hak ettiğini düşünüyordu.

"Alev, sorun paraysa fazlasını veririm. Bak bir noktaya kadar geldik, şu işi bitirelim. Söz hiçbir şeyin seninle alakası olmayacak. İki katını vereceğim sana rakamın!" Alev bir yandan kahvenin telvesini sıyırıp parmağını yalıyor bir yandan da düşünüyordu.

"İki katı, öyle mi?" diye sorarken amacı Alper'in verdiği sözü tasdik ettirmekti.

"Evet, iki katı. Söz iş bitsin para sende."

"Tamam kuzum, sana güveniyorum" diye cevap verirken onu ikna eden aslında Alper'in duygularından çok paranın miktarıydı. Sonuçta bu kadın bir eskorttu ve para onun hayatına devam edebilmesi için en önemli şeydi.

Saçlarını kokusuna hayran olduğu şampuanla iki kez yıkadıktan sonra, tenine sıkacağı parfümle aynı kokuya sahip vücut losyonundan kollarına, omuzuna ve boynuna sürdü. Tenine cezbedici kokuyu yedirdikten sonra göbeğini açıkta bırakan bluzu ve düzgün bacaklarını sararak yuvarlak dolgun kalçalarını ön plana çıkartan tayt kotunu giydi. Bu kıyafetle etkileyemeyeceği, dönüp bir kez daha kendine baktırmayacağı erkek yoktu. Alev spor yaparak korumaya çalıştığı düzgün fiziğini, seçtiği kıyafetlerle parlatıyordu. Hafif bir makyajla yüzüne ışık ve renk verdi. İyi makyaj yapmayı sürekli gittiği kuaförde bu işi profesyonelce yapan birisinden öğrenmişti. Püf noktalarını iyi kapmış, çok hafif dokunuşlarla etkili sonuçlar alabiliyordu. Kıyafetine uygun, ince bileklerini saran topuklu sandaletlerini tercih etti. Renk kombinasyonunu tamamlayan çantasını da koluna taktıktan sonra salonda kendisini bekleyen Alper'in,

"Hazırım kuzum" diye seslenerek karşısına çıktı. Gözleri açılan Alper,

"Vay vay vay, bu ne güzellik. Kızım sen ne yaptın böyle. Gitmeden bir şeyler mi yapsak" diyerek yaklaştı Alev'e ve boynunu kokladı. Duyduğu sözler hoşuna giden Alev,

"Deli, ben hep böyleyim, bakmasını bilene. O kadar hazırlandım, bozamam üstümü başımı. Hadi çıkalım" diyerek kapıya yöneldiği sırada Alper'e doğru dönüp,

"Ama akşama söz" dedi ve dudağına küçük bir buse kondurdu.

Parfüm kokusu arabanın içini sardığında Alper camı hafifçe araladı ve Alev'e doğru başını döndürüp,

"Alev, adama çok da şey yapma" dedi. Şaşkınlığını gizlemeyen Alev kaşlarını çatarak,

"Nasıl yani şey yapma. Ne yapmayayım kuzum?"

"Şey yapma işte; yani adamın pek içine girme. Çok asılmasın sana."

"Kuzum sen ne saçmalıyorsun? Adamı ayartmaya gidiyoruz, sen ne diyorsun? Kıskanıyor musun sen beni?" derken Alper'in saçını okşadı. Alper her seferinde kabul etmese de Alev'i kıskanıyor, saplantısı içine onu da dâhil ediyordu. Tabi Merve kadar etkili olamazdı, ona olan hisleri herkesten, her şeyden farklıydı.

"Yok be, ne kıskanması ama sen dikkat et yine de. Adam ağzının içine düşmesin."

"Tamam kuzum, sen merak etme" dediğinde Alper'in kıskandığını anlaşmış fakat daha fazla üzerine gitmemişti Alev.

Mağazanın karşı kaldırımına kadar geldiklerinde Alper arabayı fark edilmeden gözetleyebileceği şekilde park etti. Kapının önündeki taburede oturmuş çayını içen Cemal'i Alev'e gösterdi. Avını öğrenen Alev arabadan inerek mağazaya doğru yöneldi.

Alev'in arkasından sessiz ve çaresizce bakan Alper, Cemal'e bir kadınını daha vermiş oldu. Bir bedenin intikamını başka bir bedeni feda ederek almaya çalışıyordu. Onlarca erkekle paylaştığında sorun olmayan kadını sıra Cemal'e geldiğinde aklına, "Ya başaramazsam, Alev'i de onun koynuna vermekle kalırsam bunun altından nasıl kalkarım?" sorusu geliyordu. Şah mat edebilmek için veziri file yedirmek gibiydi bu yaptığı. Hamleleri iyi düşünmeli, feda ettiklerinin karşılığını almalıydı. Alev'i yedirmek yıllardır beklediği intikamının en büyük hamlesi olacaktı.

Sarı saçlarını savurup mağazadan içeri giren Alev, güneş gözlüğünü çıkararak Marilyn Monroe'yi aratmayacak kadar insanın aklını başından alan bir gülümsemeyle,

"Merhabaaa" derken kırmızı rujlu dolgun dudaklarından sanki alevler saçıyordu.

"Ben, Arzu" dedi aslında gerçek olmayan adını saklayarak. Kokusu mağazaya yayılan kadının çekiciliğinden etkilenmemek mümkün değildi. Cemal de ilk gördüğü anda etkilendi Alev'den.

"Merhaba, hoş geldiniz. Ben de Cemal, memnun oldum"

"Ben de memnun oldum Cemal Bey. Sahile doğru yürüyüşe gidecektim ki bu butiği gördüm. Ne güzel şeyler var böyle. Biraz bakabilir miyim?"

"Tabi ki Arzu Hanım. Lütfen rahat olun. Bu arada ne içersiniz?"

"Zahmet olmazsa bir sade kahvenizi alırım, ben de kırk yıl hatırınız olsun" dedi cilveli bir kahkaha atarak.

"Ne demek efendim, hemen yaptırıyorum" diyerek telaşla dışarı çıktı Cemal. Çırağa yakındaki çağ ocağından kahve yaptırmasını, fakat hazırlanmasını bekleyip soğumadan getirmesini tembih ederek camla kaplı vitrinin dibindeki kavanozun içinden birkaç markayı eline tutuşturup yolladı. Mağazaya tekrar girmeden önce çarçabuk saçını ve gömleğinin yakasını düzeltti.

"Ne tür bir şey bakıyorsunuz?" diye sordu Alev'e yaklaşarak. Alev hayatı boyunca tanıdığı, ağına düşürüp beraber olduğu erkeklerin sayısını aklında tutamayacak kadar tecrübeliydi. Cemal onun için birçok erkek gibi kolay lokmaydı ve erkeğini yiyen dişi örümcekler kadar tehlikeli bir kadındı.

"Şöyle vücuduma oturan, kıvrımlarımı gösterecek bir tayt olabilir" dedi alt dudağını ısırarak. Cemal'e sıcak basmaya başlamıştı bile. Birkaç model çıkardı raflardan ve Alev'in beğenisine sundu. Alev en ince kumaşla yapılmış olanı seçerek,

"Bunu denemek istiyorum, müsait bir yeriniz var mı?" diye sordu. Cemal gömleğinden bir düğme daha açmaya çalışarak,

"Tabi ki var Arzu Hanım" dedi eliyle prova kabinini göstererek. Alev gülümseyerek taytı aldı ve içeri girdi. Elindeki çantayı askıya astı, kotunu çıkardı ve taytı giydi. Tayt gerçekten kalçalarını sardı ve kıvrımlarını daha net ortaya çıkardı. Bluzunu göğsüne doğru sıyırarak kabinden çıktı.

"Nasıl olmuş Cemal Bey? Yakıştı mı?" diye sorarken poposunu Cemal'e döndürdü. Bunu yaparken bir eliyle bluzunu tutuyor, diğer eliyle saçını başının üstünde dağınık topuz yapıyordu. Ayak parmakları üzerinde yükselirken kalçalarını sıkarak aynadan Cemal'in yüzüne bakıyordu. Alev elindeki bütün kozları oynuyor, karşı konulmaz tavırlar sergiliyordu. Hayranlıkla Alev'i izleyen Cemal,

"Çok yakıştı efendim, zaten size yakışmaması mümkün değil" derken yanakları kızardı. Alev beklediği cevabı almıştı. Avını ağına düşürmüştü ama yapması gereken son bir hamle vardı.

"Çok teşekkür ederim, ne kadar incesiniz. Madem siz de beğendiniz alıyorum bunu" diyerek tekrar kabine girdi. Cemal elindeki peçeteyle terini sildi. Alnı, şakakları ve boynu epeyce terlemişti. Bu sırada kapıdan içeri elinde kahveyle çırak girdi.

"Kahve geldi Cemal Abi."

"Tamam, koy sehpanın üzerine, sonra dışarıdaki etek sepetini düzenle" dedi. Amacı çırağı dışarı çıkarıp Alev'le baş başa kalacakları ortamı hazırlamaktı.

Kabinden çıkan Alev üstüne çeki düzen verdi.

"Kahveniz geldi Arzu Hanım."

"Teşekkür ederim. Hemen içeyim, çok vaktim yok."

"Acele etmeyin, buyurun şöyle oturun" dedi Cemal koltuğu göstererek. Küçük fincanlı kahveden büyükçe bir yudum alan Alev,

"Ne kadar bu taytın fiyatı?" diye sordu.

"30 lira efendim."

"Peki" diyerek çantasını açan Alev,

"Olamaz, cüzdanımı evde unutmuşum. Of yaaa" demesi son hamlenin başlangıcıydı.

"Arzu Hanım, hiç önemli değil, sonra verirsiniz."

"Hayır! Olmaz kabul edemem. Ama bana şöyle bir iyilik yapabilirsiniz. Bunu benim için yarına kadar ayırın, yarın yine bu saatlerde yanınıza geleyim ve parasını ödeyerek alayım. Bu şekilde kabul edebilirim." Bu fikir Cemal'in hoşuna gitmişti. Kadının tekrar gelecek olması, onunla samimiyeti arttırması demekti. Alev'in istediği de tam olarak buydu. Son hamlesi de başarılı olmuştu.

"Tabi ki olur Arzu Hanım. Yarın sizi mutlaka bekleyeceğim."

"Kahve için teşekkür ederim. Görüşmek üzere" diyerek mağazadan dışarı çıktı Alev.

Sahile doğru yürüyen Alev telefonla Alper'i aradı. Arabayı caddenin sonuna getirmesini dikkat çekmeden arabaya binip gitmeleri gerektiğini söyledi. Alper sabırsızlıkla arabayı Alev'in tarif ettiği yere getirdi. Arabaya binen Alev'e,

"Anlat hadi! Ne oldu?"

"Kuzum dur, soluklanayım. Cemal işi tamamdır. Yarın tekrar gideceğim ve ona randevu vereceğim. Kesinlikle kabul edecek."

"Bu iyi haber ama..."

"Ama ne?"

"Sana dokunması, sarılması ne bileyim işte, rahatsız edici geldi şimdi."

"Kuzum, istersen vazgeçelim!"

"Yok yok hayır, plana devam" derken içindeki kıskançlık duygusu sadece Cemal'e karşıydı. Aslında nefreti Merve'ye değil Cemal'e duyuyordu. Alev'in Cemal'le olacak ilişkisinin onu rahatsız ettiği kesindi. Bu duygunun kıskançlık olması yüksek ihtimaldi fakat bunu hiç dile getirmeden kendi içinde de reddediyordu.

Ertesi gün yine beraber gittiler. Alev aynı özenle hazırlandı Cemal'in karşısına çıkmadan. Bir işaret bekliyordu. Cemal önceki günden daha özenli ve bakımlı olursa bunu özellikle kendisi için yaptığını anlayacaktı. Zaten bundan emin olmak için randevuyu ertesi güne bırakmıştı. Tahmin ettiği gibi de oldu, Cemal'in üstü başı daha özenli ve muntazamdı. Mağazaya girince aldığı koku özellikle bugün için sıkılmıştı, çünkü önceki gün bu kokuyu hissetmemişti.

"Merhabaaa Cemal Bey" diyen Alev'in tokalaşmak için elini sıkan Cemal,

"Hoş geldiniz" diyerek karşılık verdi. Ellerin kavuşmasıyla ten temasını kuran Alev bilerek Cemal'in elini normal bir tokalaşma süresinden daha uzun süre tuttu. Cemal çırağı bu sefer kapının önündeki çiçeklere su vermesini söyleyerek uzaklaştırdı.

"Söz verdiğim gibi bugün yine geldim. Ayırdınız değil mi benim için taytı?"

"Tabi ki ayırdım Arzu Hanım. Buyurun burada" diyerek poşete koyduğu taytı uzattı. Alev çantasından otuz lira çıkartarak Cemal'e uzattı ve

"Size bir şey sorabilir miyim?" dedi.

"Tabi ki, buyurun."

"Evli misiniz?" Bu soru karşısında biraz duraksadı Cemal. Bir saniye kadar düşündükten sonra,

"Evet, evliyim. Neden sordunuz?" dedi.

"Sizinle bir akşam yemeği yesek sorun olur mu?" Alev'in sorusu gayet açık ve netti. Cemal'i bir akşam yemeğine davet ediyordu. Cemal,

"İkimiz mi?" diye sordu. Alev önce gülümsedi ve

"Tabi ki ikimiz. Baş başa bir akşam yemeği. Ne dersin?" Cemal ilk defa bir kadın tarafından akşam yemeğine davet ediliyordu. Kafasında hemen tasarladı.

"Merve'ye bir yalan uydurup yemekte olduğumdan geç geleceğimi söyler tanıdık birilerinin olmayacağı bir yere gideriz" diye düşünerek, "Teklifinizi geri çevirmem mümkün değil" dedi. Alev, "Buna çok sevindim. Umarım bu yemek eşinizle aranızda problem olmaz" derken aslında ona söylememesi için imada bulunuyordu. Merve'nin başlangıçta yemeğe gittiklerinden haberinin olmaması Alper'in planındaki kilit noktaydı.

"Hayır, olmaz. Merak etmeyin" dedi Cemal.

"Telefon numaranı bir kâğıda yazıp bana verir misin?"

"Tabi ki" diyerek masanın üzerindeki küçük kare kâğıtlardan bir tanesine cep telefonu numarasını yazarak Alev'e uzattı.

"Teşekkür ederim. O halde benden haber bekle, seni mutlaka arayacağım. Hoşça kal..." diyerek mağazadan dışarı çıktı.

6

Her şeyin planladığı gibi devam etmesi içindeki intikam duygusunun yanında neşeyi ve rahat tavırları beraberinde getiriyordu. Alper aradan geçen dokuz yılın hatırasını tek bir hamle ile tarihe gömecek ve artık bir daha açmamak üzere rafa kaldıracaktı. İşin zor kısmı bitmişti. Randevuyu koparan Alev'le Cemal'i buluşturmak kalmıştı geriye. İhanetin birçok çeşidi vardı ve Alper bir otel odasında cinsel beraberliği seçmişti. En etkilisi ve en affedilmez olanıydı Alper'e göre. Bu belki Merve'ye göre farklı bir şeydi. Cinsel beraberliğin en büyük ihanet olması yazılı bir kanun değil, toplum tarafından kabul edilmiş bir kuraldı. Tıpkı insan yaşamının başlamış olduğu tarihten itibaren ortak kararı olan ensest ve kanibalizm yasakları gibi. Alper'in seçimi, ihanetin geri dönülmez bir yıkımla son bulmasını istediği içindi. Belki de bu yıkım Alper için yeni bir başlangıcın inşası olabilirdi. Tabi, hiçbir şeyden haberi yokmuş gibi davranarak, olup biten sonsuza kadar Alev'le aralarında ortak bir sır ve suç olarak kalacaktı. Nitekim bu yaptıkları bir suçtu ve beraber hareket ediyorlardı.

Telefon ekranında arayan, "Kardeşim Engin" olarak gözüküyordu. Üç kez çaldıktan sonra yanıt vermeye karar veren Alper, "Kardeşim naber?" diyerek açtı telefonu.

"İyidir Alper, senden naber? Nerelerdesin sen?" diye soran Engin'e tüm olup biteni anlatmayacaktı tabi ki Alper. Her ne kadar ona kardeşim dese de sonuç olarak içine girdiği durum tarif edilemez bir ahlaksızlıktı, fakat buna ahlaksızlık değil bir intikamın süreci gibi bakarak kendi vicdanını rahatlatıyordu. Bazı akşamlar başını yastığa koyduğunda vicdanı onu rahatsız ederek kafasındaki düşünceleri sorguluyordu. Her seferinde intikamını hatırlayarak kendini avutup, yıllar önce yaşadığı travmanın dönüştüğü saplantı vicdanını baskılıyordu.

"Buralardayım kardeşim. İş, güç, koşturmaca. Sevgi nasıl? Her şey yolunda mı?"

"Sevgi de iyi. Hatta dün akşam senden bahsettik. 'Bu çocuğun sesi soluğu çıkmadı, nerelerde' diye sordu bana. Yarın sabah ararım dedim. Gelsene akşam bize."

"Kardeşim çok iyi olurdu fakat halletmem gereken işler var. Bu aralar müşteriler gelip gidiyor, akşamları bile onlarla uğraşıyorum" deyip yıllık izinde olduğunu saklayarak devam etti, "Birkaç gün işim var. Onları halledeyim ilk fırsatta geleceğim kardeşim."

"Tamam, Alper. Haberleşiriz" diyerek telefonu kapayan Engin, onun için endişeleniyor ve mümkün olduğunca yalnız bırakmamaya özen gösteriyordu.

Plana dâhil olan herkese yakın olması nedeniyle buluşma noktasını Büyükçekmece olarak seçti Alper. Belediyenin yakınlarında henüz yeni açılan bir otel vardı ve bu oteli seçmesinin asıl nedeni ise giriş katında bulunan restoranıydı. Restoranda yemek yedikten sonra otelin odasına çıkmak için Alev bütün kozlarını oynayabilirdi. Tüm bu sürecin kolay gelişmesi için kurgulanmış bir plan Cemal'i tuzağa düşürmeye yeterdi.

Alper, beyaza boyalı, geniş kapılı, binayı göstererek,

"İşte burası Alev" dedi. Cemal'in sonunu hazırladıkları yer işte tam da burasıydı.

"Şimdi içeri gir ve iki gün sonrasına iki kişilik bir oda ayırt. Al bu parayı, ödemeyi bununla yap."

Parayı alan Alev otelin döner kapısından içeri girdi. Ortasında büyük bir avlu gibi gözüken girişin etrafını, atmosferin katmaları gibi sararak yükselen katlar gökyüzünü anımsatıyordu. Girişin bu denli heybeti gözükmesi yapının mimarisinin çok özenle hazırlanmış olduğunun bir kanıtıydı. Alev ender de olsa otellerde randevulu buluşmalara gidiyor fakat bu kadar etkileyici bir oteli ilk defa görüyordu. Resepsiyona yaklaşırken bankonun arkasındaki kız Alev'i fark edip,

"Hoş geldiniz efendim" dedi gülümseyerek.

"Merhabalar, hoş bulduk. Çarşamba akşamı için yeriniz var mı? Bir gece konaklamak istiyorum" dedi Alev aynı anda gözlüğünü çıkartarak.

"Tabi efendim, sadece siz mi konaklayacaksınız?"

"Belki bir misafirim olabilir. Siz iki kişilik oda rezervasyonu yapın lütfen." Resepsiyonist,

"Tabi ki efendim, hemen ilgileniyorum. Şu formu doldurmanızı isteyeceğim" diyerek kâğıt ve kalemi uzattı Alev'e. Çantasından kimliğini çıkaran Alev bilgilerini formun gerekli yerlerine doldurmaya başladı. İlk istenen bilgi konaklayacak kişinin adı ve soyadıydı. "Adı" kısmına Hatice yazarken içinden annesine küfür etti. Soyadını yazarken de babasını es geçmedi. Bir mafyaya ait uyuşturucuları satmaya çalışırken rakip mafyanın elemanları tarafından sokak ortasında otomatik silahlarla taranmıştı. Annesini de uyuşturucuya babası alıştırmıştı.

Formu doldurduktan sonra güler yüzlü kıza uzatan Alev tereddütle,

"Misafirimin tüm bilgilerini istiyor musunuz? Çünkü bu bilgilere şu an ulaşamam" dedi.

"Hayır efendim, tüm bilgilere gerek yok, sadece şuradaki 'Beraberinde Kalacak Kişi' bölümüne isim – soy isim yazmanız yeterli olacaktır."

Cemal'in soyadını bilmiyordu Alev. Aklına Merve'den aldığı kartvizit geldi. Bankaya gittiği gün alıp çantasına atmıştı. Çantayı biraz kurcaladıktan sonra kartı bularak soyadını da forma yazdı. Resepsiyonist kız teşekkür ederek formu aldıktan sonra ücreti söyledi. Parayı ödeyen Alev'e anahtarı konaklama yapacağı gün alabileceğini söyledi.

Bir adım daha başarı ile atılmıştı. Zirveye çıkan merdivenleri emin ve dikkatli adımlarla aşıyorlardı. Yanlış ve düşünülmeden yapılacak bir hamle bütün planı altüst edebilirdi. Alev bir görevi daha başarmış olmanın özgüveniyle Alper'e müjdeyi verirken özünde tuzak olan bir sürecin her adımı büyük bir ironi ile onlara başarmanın mutluluğunu yaşatıyordu.

Önlerinde yaklaşık bir buçuk gün vardı. Bu süre içerisinde bir sonraki hamleyi düşünmeye epeyce vakit bulan Alper evinde ender kullandığı dijital fotoğraf makinesini kutusundan çıkardı. Makineyi çalıştırarak kayıtlı resimlere göz atmaya başladı. İçinde önceki yıla ait Engin ve Sevgi ile beraber Kartepe Kayak Merkezi'nde yaptıkları birkaç günlük kısa tatilde çektirdikleri fotoğraflar hala duruyordu. Şakalaşmaları, karların üzerine sırtüstü uzanmış halleri, Sevgi'nin snowboard yapmaya çalışırken yerle bir olduktan sonra çekilen pozlara baktı. Onlarla çok keyifli vakitler geçirmişti fakat o anlarda hep aklında Merve vardı. Her an dördü beraber yaşıyormuşçasına hayaller kuruyor ama karanlık basıp gece yatma vakti geldiğinde Alper odaya yalnız gidiyordu. Bu acı gerçek içinde hep bir yara gibi kanadı. Gün boyu geçirdiği güzel anlar günün sonunda mutsuzluğa dönüşüyordu.

Alev öğle saatlerinde aradı, Cemal'i yanında Merve yokken

yakalamak istiyordu. Telefonu rahat bir tavırla açan Cemal'in müsait olduğu, ses tonu ve konuşma vurgularından anlaşılıyordu. Sanki Alev'in aramasını bekliyormuş gibi bir tavrı vardı. Alev hal hatır konuşmalarından sonra ertesi gün buluşacakları restoranın otelin içinde olduğunu, aynı akşam ona bir de sürpriz hazırladığını söyleyerek geç vakitlere kadar izin almasını alaylı bir dille iletti. Alev de tıpkı Cemal gibi bir gece kaçamağı üzerine vurgu yapıyor, onunla aynı frekansta aynı dili konuşmaya çalışıyordu. Tek atımlık kurşununu sektirmek gibi bir lüksü olmadığından işini o gece bitirip parasını alarak bir süre ortadan kaybolmayı kafasında planlandı, fakat bu konudan Alper'e hiç bahsetmedi. Alev için öncelik paraydı ve her ne yaparsa yapsın alacağı paranın hakkını vermek istiyordu.

Cemal kan ter içinde kalmıştı. Telefonu kapattıktan sonra tuvalete koşarak elini ve yüzünü yıkadı. Boynunu ve saçlarını ıslattıktan sonra biraz serinleyebildi. O güne kadar başka bir kadınla bu türden bir münasebete girmemişti. Alev'le konuşmak bile kan dolaşımını arttırarak nabzını hızlandırıyordu. Önünde aşması gereken iki engel vardı; heyecanı ve Merve.

Merve bir yandan akşam yemeğini hazırlarken bir yandan da televizyonda açık olan haberleri dinliyordu. Kimi zaman duyduğu haberlere yorum yaparak kendi kendine konuşuyor, kimi zaman da sadece arka plandaki bir ses olarak algılıyordu. Cemal gelene kadar yemeği hazırlayıp ev işleriyle ilgilenmesi için bolca vakti oluyordu.

Sofraya, bankadan eve gelirken yol üzerinde yüzde yüz doğal buğday unu ile yapılmış ekmekleriyle ünlü Karadeniz fırınından aldığı yuvarlak ekmeği dilimleyip koyduğu sırada evin kapısı çaldı.

"Geldim, geldim" diye seslenerek hızlı adımlarla kapıyı açtı.

Cemal yorgun bir ifadeyle karşısında durmuş, gözlerinin içine bakıyordu.

"Hoş geldin hayatım. Hayırdır, yorgun musun?" dedi Merve portmantodan aldığı terlikleri Cemal'in önüne koyarken.

"Yorgunum hayatım. Hem de çok."

"Nasıl geçti günün, çok mu iş vardı?" derken beraber salona doğru geçerek yıllarca kullanılmaktan deforme olmuş koltuklara oturup konuşmaya devam ettiler. Cemal,

"Toptancılar geldi bugün. Merter'den siparişler vermişti bizim patron, onları getirdiler. Taşı taşı bitmedi. Çok yorulduk."

"Şimdi yemeği yer, kendine gelirsin hayatım. Hadi, ellerini yıka, gel sofraya."

Cemal önce yatak odasına geçerek üzerindeki kıyafetleri çıkartıp ince penye şortunu ve yıkanmaktan siyah rengi griye dönen tshirtünü giydi. Banyoda ellerini sabunla yıkadıktan sonra hazır olan sofraya oturdu. Tüm bunları yaparken kafasında tek bir düşünce vardı. Merve'ye hissettirmeden söyleyeceği yalandı. Cemal yalan söylemeyi beceremeyen, daha doğrusu yalana pek ihtiyacı olmadan yaşayan bir insandı. Bu konuda tecrübesi yoktu. Mağazada satış yaparken bile yalan söyleyemezdi. Fakat şimdi bunu yapmalıydı. Alev'in yuvarlak kalçalarını ve dolgun dudaklarını düşündükçe içindeki şeytan beyniyle beraber çalışarak ertesi günü kurguluyordu.

Merve, çorbaları koyduktan sonra, "Afiyet olsun" diyerek kaşığına sarıldı. Daha birkaç lokma almıştı ki Cemal sessizliği bozarak,

"Hayatım, yarın şehir dışından toptancı gelecek. Bizim patronun da kızının doğum günü varmış. 'Toptancıyla sen ilgilenir misin' dedi. Ben de mecbur, kabul ettim. Yarın adamı yemeğe götüreceğim. Herhalde geç gelirim" dedi.

Bu her zaman olan bir durum değildi. Cemal arkadaşları dışında samimi olmadığı kimseyle yemeğe gitmez, hele ki akşamları Merve'nin dışında genelde kimseye vakit ayırmazdı. Merve'nin şüphelenmemesi için patronun işi üzerine yıkmış gibi göstermesini ona içindeki şeytan söylemişti. Merve,

"Tamam hayatım, sen git yemeğine. Sonuçta iş bu, patrona 'ben gidemem' diyemezsin. Ben de evde takılırım" dedi. Aldığı cevap karşısında rahatlayan Cemal,

"Geç kalırsam yatarsın sen, ben seni uyandırmadan girerim eve" dedi.

"Yemeğe nereye götüreceksin adamı hayatım?" diye sordu Merve. Çalışmadığı yerden soru gelmişti Cemal'e, Merve'nin bunu sorabileceğini hiç düşünmemişti. Ama neyse ki içindeki şeytan yine yardım ettim ona,

"Daha belli değil, sanırım yarın belli olur" deyiverdi bir çırpıda. Cemal yavaş yavaş öğreniyordu yalan söylemeyi. Kendisi bile bu performansına şaşırmıştı.

Gece geç saatlere kadar zinde olması gerektiğinden erken uyumak istedi. Önce duşa girdi, ertesi gün için hazırlığını yaparak yatağa geçtiği sırada Merve de yanına geldi. Yatakta kısa bir sohbetten sonra uykuya dalan Merve, başını yastığa koyar koymaz uyur, sabaha kadar da rahatsız edilmezse hiç uyanmaz, hatta bazı günler kıpırdamazdı bile.

Cemal gözünü tavana dikti, birkaç gündür yaşadıklarını zihninden geçirerek Alev'in hayalini kurdu. Otelde buluşma fikri bile heyecanının artmasına neden olmaya yetiyor, artıyordu bile. Fakat heyecanına engel olması şarttı. Rezil olmaya hiç niyeti yoktu. Alev onun için büyük bir şanstı.

7

Gün ağarıp güneş doğarken balkona çıkıp bir sigara yaktı Alper. Bütün gece uyku tutmamış, o gün olacakları düşünmüştü. Heyecanı vardı, mutluluğu vardı, nefreti vardı ve hala sevgisi de vardı içinde. Tüm karmaşık duygular zihninde dolanırken sabahı sabah etmiş, yaklaşık iki pakete yakın sigara içmişti. Zaman sanki durmuş, ilerlememekte ısrar eder gibiydi. Sadece ertesi gün bankaya gidip, Merve'nin karşısına çıkıp onun gözlerinin içine bakmak istiyordu. Bunun için neler vermezdi. Yıllarca içinde dizginlediği saplantısını serbest bırakarak ondan kurtulmak istiyordu. Ruhunun özgür olmaya, zihninin ise rahatlamaya ihtiyacı vardı. Ya da hissettiği duyguların aksine tedavi edilmesi gereken tehlikeli bir insandı.

"Hadi Alev, vakit geldi, gitmemiz gerek" dedi Alper elindeki kahve fincanını mutfağa götürerek. Henüz hazırlanan Alev'in evinde gergin bir hava vardı. Sanki birbirini tanımayan iki yabancı gibi ya da tartışma sonrasında paylaşmak zorunda oldukları evin bir odasında oturan çiftler gibi. Sakin bir sesle,

"Hazırım" diyen Alev'i çantasına kişisel birkaç eşyayı koyarken izleyen Alper'in gözleri doldu. Birkaç damla yaş gözlerinden süzülürken ne hissetmesi gerektiğini, ne demesi gerektiğini bilmiyordu. Sadece içinden hıçkıra hıçkıra ağlamak, belki de sinirinden birkaç şeyi parçalamak geliyordu.

"Ne oldu kuzum?" diyen Alev şefkatle sarıldı Alper'e. Bir annenin evladına sarılması gibi sıcak ve içtendi. Alper de ona sarıldı. Ağlaması biraz artmıştı, duygularını boşaltıyordu bir nevi. Beraber salona geçtiler. Televizyona karşıdan bakan koltuğa yan yana oturdular. Alper'in yanaklarından süzülen yaşları yine aynı şefkatle silen Alev,

"Kuzum ne oldu? Neyin var?" diye sordu.

"Çok utanıyorum senin yanında ağladığım için. Kusura bakma" dedi Alper birkaç kez hıçkırarak. Utanmakta belki de haklıydı çünkü ilk defa Alev onu ağlarken görüyordu.

"Sana bir kez daha söylüyorum Alper. İstersen vazgeçelim, bitirelim her şeyi. He? Ne dersin?" dedi Alev Alper'in kızarmış gözlerinin içine bakarak. Duyduğu cümleler karşısında hemen toparlanan Alper, gözündeki yaşları silerek derin bir nefes aldı ve

"Hayır, hayır kesinlikle vazgeçmek yok. Sadece sinirlerim boşaldı ama ben iyiyim. Hadi çıkalım" dedi ve bir hışımla ayağa kalkarak üstünü başını toparladı.

"Tamam, o halde bitirelim şu işi" diyen Alev'le beraber evden çıktılar.

Önce Alev girdi otelden içeri. Bu sefer resepsiyonda başka bir kız vardı. Alev kendini tanıtarak oda rezervasyonu yaptığını, odanın anahtarını istediğini söyledi ve kendisinden kimlik isteyen kıza ehliyetini uzattı. Kız 302 nolu odanın kartını verip, oda ve mini bar kullanımı ile ilgili birkaç detayı aktardıktan sonra, Alev teşekkür ederek kartı aldı ve restorana geçti. Cemal'e verdiği randevu saatine on beş dakika vardı. Restoran sakin ve sessizdi. İçeri giren Alev'i saçları kırlaşmış, şık giyimli, orta yaşlarda bir adam,

"Hoş geldiniz, efendim" diyerek kibarca karşıladı.

"Hoş bulduk. İki kişilik bir masa rica ediyorum. Birazdan bir misafirim gelecek" dedi Alev.

"Hayhay, şöyle buyursunlar efendim" diyerek cam kenarında, içinde palmiye ağaçları olan bahçeye bakan masayı işaret etti. Alev teşekkür ederek koltuğuna otururken arkasından yaklaşan genç bir garson, önce rahat oturabilmesi için koltuğunu geriye çekti daha sonra Alev otururken masaya doğru sürdü. Seremoni çevredeki gözlerden kaçmadı ve neredeyse restorandaki tüm erkekler Alev'i süzüyordu. Girdiği her mekânda olduğu gibi burada da dikkat çekmeyi başarmıştı. Suyunu dolduran garsona teşekkür ettikten sonra çantasından çıkardığı telefonla Alper'i arayarak oda numarasını ve kat bilgisini verdi.

Alper, otelin karşı kaldırımında Alev'den gelecek olanı telefonu beklerken sigarasını içiyor, bir yandan da yavaşça volta atıyordu. Kısa bir süre sonra telefonu çaldı, arayan Alev'di. Oda ve kat bilgilerini aldığı sırada otelin önüne bir taksi yanaştı.

Cemal arabasını Çatalca yol ayrımına park ederek gece alkol alacağından dolayı eve dönerken arabanın yanına kadar taksiyle, geri kalan yolu ise polise yakalanmadan kendi aracıyla gitmeyi planlıyordu. Bu nedenle arabasını park ettiği yerden otele kadar taksiyle geldi.

Cebinden fotoğraf makinesini çıkardı Alper. Taksiden inip otelin döner kapısına yönelen Cemal'in fotoğraflarını çekti. Etraftan dikkat çekmemeye özen gösteriyordu. İşi bitince makineyi kapatıp cebine soktu.

Cemal otelden içeri girerken gözleri restoranı arıyordu. Girişin sol tarafındaki kapının üzerinde gördüğü tabelaya doğru yöneldi. Kapıda onu kır saçlı adam karşıladı. Cemal arkadaşının kendisini beklediğini söylerken Alev'i gördü ve yanına gitti. Alev sıcak bir karşılamayla Cemal'le tokalaşırken onu kendine doğru çekip yanaklarından öptü. Restorandaki diğer erkekler Alev'i izlemeye devam ediyordu.

Masaya karşılıklı oturdular. Cemal ne diyeceğini bilmiyor gibiydi. Alev sohbeti açarak hatırını sordu. Cemal kısa cevaplarla Alev'in sorularını yanıtlıyor, uzun zamandır hissetmediği bir heyecanı yaşamanın yanında yakalanma korkusu da vücuduna adrenalin salgılıyordu. Cemal'in gerginliğini fark eden Alev, rahat olmasını, kendilerini dışarıdan kimsenin görmeyeceğini, gecenin tadını çıkartmasını söyledi. Alev bu konularda çok tecrübeliydi ve ilişkiye girdiği erkeklerden evli olanların birçoğu bu sıkıntıları yaşardı.

Yanlarına gelen garson önce ne içeceklerini sordu. Alev kırmızı şarap tercih ettiğini, yanında ise biftekli salata istediğini söyledi. Cemal tercihini rakıdan yana kullandı.

"Bana bir duble rakı getirir misiniz? Ben ondan iki tek çıkartırım" dediği sırada Alev lafa atılarak,

"Canım, sana yetmez o" diyerek garsona döndü ve ekledi, "Siz bir ufak rakı getirin."

Daha ilk dakikalarda Alev ortamı kontrol altına almıştı bile. Dominant tavrı, tüm geceye hükmetmek zorunda olmasının getirdiği durumdu. Hâlbuki erkeklerle buluştuğu zamanlarda bu durum tam tersineydi, fakat şu an içinde olduğu kurgu kontrolü dışına çıkmamalıydı.

"Eee, sürprizin nedir bakalım?" dedi Cemal sırıtarak. Aslında tahmin ediyordu. Aklından geçen, Alev'in yemek sonrası onunla yalnız kalmak isteyeceğiydi. Kısmen doğruydu ama sonunda neler yaşayacağını kırk yıl düşünse tahmin bile edemezdi.

"Acele etme canım, gece daha uzun. Umarım iznini almışsındır" dedi gülerek Alev. Bu imalı söz uzun bir gece geçireceklerini müjdeliyordu Cemal'e.

"Peki, sen nasıl istersen öyle olsun Arzu. Kendimi sana bıraktım."

Bu sözünü çok sevdi Alev. Kontrolün kendisinde olması bu gece en çok istediği şeydi. Garsonun atıştırmalıkları ve içecekleri getirmesiyle muhabbet ilerlemeye başladı.

Aynı anlarda Alper, otelden içeri girerek resepsiyondaki kıza bir oda istediğini söyledi. Endişeli bir tavrı vardı ve bunu saklayamıyordu. Otelin gerekli kimlik prosedürlerini tamamladıktan sonra odaya giriş kartını alan Alper'in oda numarası hoşuna gitmedi. Elindeki kartın üzerinde 407 yazıyordu. Oda dördüncü kattaydı ve bu planı sekteye uğratabilirdi. Hemen kıza dönerek aklındaki ilk yalanı söyledi.

"Pardon, bakar mısınız? Ben bu odada kalamam."

Resepsiyonist kız şaşkınlığını gizleyemeyerek,

"Bir sorun mu var beyefendi?"

"Evet var, şöyle ki; benim batıl inancım var."

Kız duydukları karşısında gülmemek için kendini sıkıyor, devam etmesi için Alper'in gözlerinin içine bakıyordu. Alper,

"Belki size garip gelebilir ama ben üçüncü kattan başka bir katta kalamıyorum. Bana üçüncü kattan bir oda verir misiniz?" dedi.

"Otelimizin ilk üç katında çiftleri ağırlamaktayız. Tek misafirlerimizi dördüncü ve beşinci katlarda konuk ediyoruz."

"Tamam, anlıyorum. Fakat benim özel bir durumum var" dedi Alper ısrar ederek. Olay büyümeden isteğini kabul ettirmeye çalışıyordu ki, resepsiyonist kız,

"Müdürümü aramam gerekiyor" dedi. Alper endişelenmeye başladı, dikkat çekmek istemiyordu. Aklına gelen yalan yeterince dikkat çekiciydi.

Resepsiyonist kız müdürünü arayarak Alper'in talebin aktardı. Müdürün kısa birkaç cümlesini dinledikten sonra telefonu kapatarak Alper'e doğru dönüp,

"Maalesef efendim. Otel prosedürleri gereği bu isteğinizi gerçekleştiremiyoruz" dedi. Bu hiç iyi olmamıştı. Alper cevap bile vermeden bozulmuş bir tavırla oda giriş kartını cebine koyarak dördüncü kata çıktı. İçinde bilgisayarının olduğu çantayı odaya bıraktı. Tekrar lobiye inip internet şifresini sordu. Resepsiyonist kız şifreyi bir kâğıda yazarak Alper'e uzattı. Kâğıdı cebine koyan Alper restorana doğru yöneldi.

Kapıya geldiği sırada kendisini karşılamak için bir kişi hızlı adımlarla yanına geldi. Alper adamın yüzüne bakmıyor, restoranın içinde gözleri Cemal ve Alev'i arıyordu. Cam kenarındaki masada onları sohbet ederlerken gördü. Fotoğraflarını rahat çekebileceği açıya sahip bir masayı gözüne kestirerek,

"Buraya oturmak istiyorum" dedi adama. İsteğini kibarca kabul eden adam Alper'e masaya kadar eşlik ederek siparişlerini aldı. Bir salata ve bira söyledi Alper.

Alev'in ardı arkası kesilmeyen ısrarlı kadeh tokuşturmaları, Cemal'e üçüncü kadeh rakıyı içiriyordu. Dördüncü kadehi doldururken Cemal,

"Arzu'cum biraz hızlı gitmiyor muyuz? Ben bu şekilde eve dönemem" dedi gülerek.

"Boş ver, dönme eve. Zaten odamız hazır" dedi Alev bir anda. Cemal gözlerini açarak,

"Nasıl yani?" dedi.

"Sana sürprizim buydu" derken aynı anda da masanın altından ayağını Cemal'in bacağını sürtüyordu.

Alper cebinden fotoğraf makinesini çıkartarak masanın üstüne koydu. Etrafı tedirgin gözlerle kolluyor, fırsat bulursa birkaç kare fotoğraf almayı hedefliyordu. Bu sırada garson siparişlerini getirdi. Salatayı ve bira bardağını masaya bırakarak başka bir isteği olup olmadığını sordu. Alper teşekkür ettikten sonra salatadan birkaç lokma aldı. Bir yandan garsonu kolluyor diğer yandan da fotoğraf makinesini salata tabağı ile bardağın arasında Alev ile Cemal'i görebileceği açıya getiriyordu. Göz kararıyla doğru açıyı yakaladığı anda birkaç poz fotoğraf çekti. Daha sonra makineyi eline aldı, resimlere bakar gibi yaparak net bir poz daha çekip makineyi kapattıktan sonra cebine koydu. Elinde Alev ile Cemal'e ait birkaç fotoğraf vardı, fakat bunlar henüz hedefi için yeterli değildi. Asıl hedef odaya girerlerken çekeceği pozlardı. Fakat kat sorununu nasıl aşacağı kafasında henüz netleşmemişti.

Cemal'e yeterince içki içirdikten sonra odaya çıkarma kıvamına geldiğini düşünen Alev, müsaade isteyerek lobinin tuvaletine gitti. Tuvaletin kapısını kilitledikten sonra Alper'i aradı. Biraz sonra odaya çıkacaklarını, hazır olması gerektiğini söylediği sırada,

"Alev ben bir üst kattan oda alabildim" dedi Alper. Aralarında kısa bir plan yaptıktan sonra telefonu kapattılar.

Salatasını bitirmeden birasının kalan kısmını bir nefeste içen Alper, sessiz bir şekilde restoranın kasasına gidip hesabını ödedi. Cemal'e gözükmemek için kafasını sürekli aksi yönde tutuyordu. Lobiye geçtiği sırada Alev'le karşılaştı. Duraksamadan göz göze hafif bir gülüşme ile geçtiler.

Alev masaya geldiği sırada Cemal garsondan hesabı istemiş, ödemesini yapıyordu. Yemek için teşekkür ettikten sonra,

"Hadi, odamıza gidelim" dedi Alev. Fakat bunu söylerken dudaklarını mağazadaki gibi ısırıyor, parmağı ile Cemal'i kendine çağırıyordu. Cemal ise bu denli profesyonelce yapılan kurların karşısında mezbahaya giren koyun gibi çaresizce celladının peşinden gidiyordu.

Alper, lobinin bekleme salonunda heybetli koltuklara oturmuş Cemal ve Alev'in restorandan çıkmasını bekliyordu. Kapıda gözüktükleri anda koltukta doğrularak onları izlemeye koyuldu. Cemal asansörün düğmesine basarak Alev'in beline sarıldı. Alper bu harekete içinden uzunca bir küfür ederek yerinden kalktı. Bu sırada asansörün kapısı açıldı ve boş olan kabine önce Alev daha sonra Cemal girdi.

Alev bilerek asansörün sekizinci kat düğmesine bastı. Amacı Alper'e süre tanımaktı. Alper asansörün kapısı kapandığı anda seri adımlarda merdivenlere doğru yöneldi. Bu sırada Alev kabinde Cemal'in dudaklarına yapıştı. Hem onunla öpüşüyor hem de göz ucuyla katları kontrol ediyordu.

Alper merdivenleri koşmadan hızlı adımlarla soluksuz çıkıyordu. Etrafta kimse olmasa bile kamera olabilme ihtimaline karşılık temkinli davranıyordu. Üçüncü kata geldiğinde merdivenlere çıkan kapıyı yavaşça aralayarak kafasını koridora doğru uzattı. Koridorun boş olduğunu anladıktan sonra oda numaralarını kontrol etti. 302 nolu odaya doğru ilerledi ve kapısının önünden geçerken içeriye kulak kabarttı, henüz gelmemişlerdi. Koridorun başında bir kamera vardı fakat merdiveni görmüyordu. Alper koridorun sonuna kadar yürüyüp tekrar geri dönerek merdivenin başına kadar geldi. Arka tarafına geçtiği kapıyı 302 nolu odayı görebileceği kadar aralayıp beklemeye koyuldu.

Asansör sekizinci kata geldiğinde zil sesi çıkartarak kapısı açıldı. Alev,

"Ben sekize mi bastım? Üçüncü kata çıkacaktık!" diyerek sesli bir kahkaha patlattıktan sonra, "Cemal aklımı başımdan aldın" dedi.

"Bak, ben sana daha neler yapacağım" diyen Cemal belini kavradığı gibi tekrar asansöre soktu Alev'i. Bu sefer üçüncü kat düğmesine iyice sabırsızlanan Cemal bastı.

Elindeki fotoğraf makinesiyle kapının aralığından 302 nolu odayı birkaç kez çekti Alper. Makinenin ekranından pozlara bakarak netliği teyit etti. Çünkü tek bir şansı vardı ve bu şansı kaybetmek istemiyordu. O sırada asansörün zil sesi duyuldu, kabinden gülüşerek çıkanlar beklediği kişilerdi. Asansörden indikleri sırada birkaç kare yakaladı. Alev, şeytanın bile aklına gelmeyecek bir hamleyle Cemal'i oda kapısının yanındaki duvara dayayıp öpmeye başladı. O kadar istekli ve ateşliydi ki neredeyse odaya girmelerine bile gerek kalmayacaktı. Tabi ki bu hareket Alper'in son noktayı koyması içindi. Alper beklediği pası Alev'den almıştı ve bu fırsatı kaçırmayarak çokça fotoğraf çekti. En son çektiği kare ise el ele odaya girerlerkendi.

Odanın kapısını açan kartı, elektriği devreye sokan yuvaya yerleştiğinde klimanın çalışma sesini duydu Alper. Kapıyı kapattıktan sonra yatağın yanında, önünde küçük yuvarlak masa olan koltuğa oturarak bilgisayarını açtı. Fotoğraf makinesini bilgisayara kablo ile bağlayarak fotoğrafları bilgisayara aktarmayı başlattı. Bunları yaparken anlamsız bir telaş içerisindeydi. Sanki bir yere yetişecekmiş gibi hızlı ve dikkatsiz hareket ediyordu. Cebinden internet şifresinin yazılı olduğu kâğıdı çıkartarak bilgisayarına girdi. Kısa bir süre bekledikten sonra bilgisayar internete bağlandı. Aktarma işlemi bittikten sonra aldığı pozları tek tek inceledi. İçlerinden dört tanesini seçti. Cemal'i otele girerken çektiği, restoranda yemek yerken çektiği, oda kapısının yanında öpüşürlerken ve odaya el ele girerlerken çektiği kareleri önce bilgisayarının masaüstüne kayıt ettikten sonra fotoğraf düzenleme programına aktardı. Fotoğrafların üzerinde birkaç oynama yapabileceği bu programı kullanmayı iş yerinde öğrenmişti. Kumaş kartelası yaparken kumaş üzerinde bulunan bazı küçük kusurları kapatmakta kullanıyordu. Seçtiği pozlarda aynı yöntemi kullanarak Alev'in yüzünün fark edilmemesi için kararttı. Cemal'in yüzü tam olarak seçilebiliyordu.

Düzenleme işlemi bittiğinde önceki gün yurtdışı kaynaklı bir siteden aldığı üyelikle cep telefonuna mms atabilen portalı açtı. Üyelik bilgilerini girdi. Bu bilgiler gerçeği yansıtmıyordu. Siteye yazdığı her şey yalan yanlıştı ve işi bittikten sonra bir daha kullanma gereği duymayacaktı. Aynı anda beş fotoğraf atılabiliyordu ve site sadece ayda on beş adete izin veriyordu. Alper için bu kadarı fazlasıyla yeterdi. Düzenlediği resimleri siteye teker teker yükledi. Resimlerin yüklenmesi birkaç dakika zaman aldı. Bu sırada Alper ayağını istemsiz bir şekilde şiddetlice sallıyordu. Heyecan ve endişenin birleşmesi sonucunda bu istemsiz davranışı onu rahatsız etmiyor, bilakis rahatlatıyordu. Son fotoğrafın da yükleme işi bitince alıcı telefon numarasının yazıldığı bölüme geldi. Alper, bankada Alev'in aldığı telefon numarasını dikkatlice ve üç kez kontrol ederek girdi. Alev bu numarayı bir bahaneyle Merve'yi konuştukları günün akşamı aramış ve numaranın Merve'nin kişisel numarası olduğunu teyit etmişti. Alper'in planında şansa ve hataya yer yoktu.

Tüm işlemler bittiğinde geriye sadece "Gönder" butonuna basmak kalmıştı. Alper butona basmadan olacakları sırayla kafasından geçirerek bir film izler gibi gözünün önünde canlandırıyordu. Merve resimleri alacak, gördükleri karşısında hayal kırıklığına uğrayacak, Cemal'in onu aldattığını anladığında ondan ayrılacaktı. Hepsi buydu.

"Sen bunu hak ettin. Şimdi benim yaşadıklarımı sen de yaşa ve gör. Haydi bakalım" dedi ve butona bastı. Dört adet resim sırayla Merve'nin telefonuna gönderildi. Bilgisayarın karşısında bekleyen Alper "Mesajlar İletildi" uyarısını gördükten sonra bilgisayarı kapatıp internet bağlantısını kesti. Alev'e "İşlem tamam" mesajını gönderdikten sonra yatağa uzandı. İçinde tarif edilemeyen bir mutluluk vardı. Başarmış olmanın mutluluğu ile Merve'yi tekrar geri alma ümidinin sentezi gibiydi. Gözlerini tavana diktiğinde ertesi gün neler yapacağını düşündü. Hemen gitmeli miydi yoksa aradan birkaç gün mü geçmeliydi. Ertesi gün, hatta sabah erkenden gitmeye karar verdi. Merve karşısında Alper'i gördüğünde belki vicdan azabı çeker, bu duygu ona yıllar önce yaptığı hatayı telafi etme şansı verebilirdi. Alper'in istediği tam olarak da buydu.

SONUN BAŞLANGICI

1

Saat 23.37'yi gösterdiği anda Merve salondaki koltuğa uzanmış en sevdiği dizinin bir önceki hafta yayınlanan bölümün tekrarını izliyordu. Halit Ziya Uşaklıgil tarafından yazılmış bir eseri televizyona uyarlayarak milyonları ekran başına toplamayı başaran bu dizide, Behlül karakteri, amcasının genç ve güzeller güzeli ikinci eşine ilgi duyuyor, vicdanı ile duyguları arasında çatışmalar yaşıyordu. Merve akşam yemekleri sonrası koltuğa uzanarak dizileri izlerken, Cemal'le sahneler hakkında sohbet edip yorum yaparlardı. Fakat bugünün diğer günlerden bir farkı vardı; evde yalnızdı ve oldukça da sıkılmıştı.

Cemal henüz eve gelmemişti. Gündüz Merve'yi telefonla arayarak şehir dışından gelen bir toptancı ile Büyükçekmece'de akşam yemeği yiyeceğini ve büyük ihtimalle geç kalacağını söylemişti. Merve uyuklayarak televizyon izlerken telefonuna art arda gelen dört mesaj sesiyle irkildi. Ekranda "4 Yeni MMS Mesajı" yazıyordu. Gönderen numaraya dikkatlice baktı. Yurtdışı numarasıydı ve ilk aklına gelen virüslü mesaj olma ihtimaliydi. Yattığı yerden doğrularak telefonun ekran kilidini açtı. Mesajlar bölümüne girdi. MMS mesajları sıralanmış halde ekranda duruyordu. Meraklı iç sesi mesajları açmasını söylerken, mantığı ise telefona virüs bulaşabileceğini söylüyordu. Merakına yenik düşerek ilk mesajı açtı. "Görüntülemek İçin İndir'e Basın" yazan tuşa bastı. Ekranda gözüken daire bir süre döndükten sonra karşısına çıkan fotoğrafla Merve'nin kalbi hızla atmaya başladı. Fotoğraftaki kişi eşiydi ve bir otelin kapısından içeri giriyordu. Bunun ne olduğuna anlam veremedi. Telaşla ikinci mesajı da açtı ve bu sefer Cemal bir kadınla yemek yiyordu. Sinirle ayağa kalkıp, "Bunlar nedir? Neler oluyor?" diyerek üçüncü mesajı da açtığında şaşkınlıktan açık kalan ağzını eliyle örttü. Dehşetle fotoğrafa bakakaldı; Cemal'in aynı kadını öperken çekilmiş fotoğrafı karşısında duruyordu. "Bu nasıl olur? Nasıl olur?" derken sesi gittikçe yükseliyordu ki son fotoğraf her şeyi gözler önüne serdi. Odaya kadınla el ele giren Cemal'in yüzü net bir şekilde seçilebiliyorken kadının yüzü belli belirsizdi. Fakat Merve konunun bu kısmı ile hiç ilgilenmedi. Dokuz yıllık eşi onu ilk defa aldatıyordu ya da ilk defa yakalanıyordu. Hayal kırıklığı yaşayan Merve'nin sinirden kan beynine doldukça öfkesi de arttı. Salonun içinde volta atarak tüm bu olanların ne olduğunu anlamaya çalışıyordu. Cemal'in yalan söyleyebileceğine inanmıyor, şayet yalan söylediyse bunu nasıl yapabileceğini düşündükçe yerinde duramıyordu. Bunca yıl kim bilir ona yalan söyleyerek neler yapmıştı. Tüm bunları kafasından geçirirken onu aramaya karar verdi. Fakat hiçbir şey olmamış gibi yapacak sadece nerede olduğunu ve ne yaptığını soracaktı.

Üç kez çaldıktan sonra Cemal,

"Efendim hayatım" diyerek telefonu açtı. Merve sakin olmaya gayret ederek,

"Hayatım neredesin? Nasıl geçiyor gecen?" diye sorarken motorun, lastiklerin ve rüzgârın sesinden Cemal'in arabada olduğunu anladı.

"Yoldayım hayatım, geliyorum. Birazdan evde olurum."

"Geç geleceğini söylemiştin, erken bitmiş yemeğiniz?" diye sorarken Merve'nin kinayesini Cemal fark etmeyerek,

"Sıkıcı geçti hayatım, erken kalktım" dedi.

"Tamam, gelince konuşuruz" diyerek telefonu kapadı ve koltuğun üzerindeki kırlentlerden bir tanesini yemek masasının yanındaki büfeye doğru fırlattı. Minderin çarptığı porselen vazo yere düşerek kırıldı ve parçaları salona dağıldı.

"Sen gel ben sana sıkıcı neymiş göstereceğim" diyerek kafasını sallarken koltuğun yanındaki sehpanın üzerinde duran, Merve'nin doğum gününde bankadaki çalışma arkadaşının hediye ettiği, gitar çalan kadın biblosunu salonun hole açılan kapısına doğru fırlattı. Açık olan salon kapısından geçerek evin giriş kapısına çarpan biblo da kırılarak hole dağıldı. Evdeki her şeyi kırıp dökmek, eline bir balyoz alıp duvarları, pencereleri hatta evi bile yıkmak geçiyordu içinden.

Hızlı adımlarla salonun ortasında kapana kısılmış tilki gibi dört dönen Merve, parkenin üstüne saçılan porselen parçalarına terliğiyle basarak çıkan gıcırdama ve kırılma sesleriyle Cemal'in gelmesini bekliyordu. Nihayet zil çaldı. Kapıyı açan Merve kan çanağına dönmüş gözlerle Cemal'e bakıyor, Cemal ise hem Merve'ye hem de holde parçalara ayrılmış bibloya bakıyordu. Bir aksilik olduğu belliydi ve hayatının en zor sınavını verecekti Cemal.

"Neredeydin sen? Bu kadın kim?" dedi Merve bağırmaya yakın bir sesle elindeki telefonun ekranında açık olan fotoğrafı göstererek. Cemal soruya cevap vermeden kapıdan içeri bir adım atarak arkasından sokak kapısını kapattı. Belli ki bir tartışma yaşayacaklardı ve komşuların buna şahit olmasını istemedi.

"Bu evin hali ne?" dedi Cemal şaşkınlıkla. Kafasında, Merve'nin olup bitenden nasıl haberdar olduğunu, kimin onları görmüş olabileceğini, ya da fotoğrafı kimin çektiği, çekilen fotoğrafı kimin gönderdiğini, hatta bu olayı onu denemek için Merve'nin planlamış olabileceğini, yalan mı söylemesi gerektiğini yoksa tüm gerçeği anlatıp dürüstlüğü mü seçmesinin daha uygun olacağını düşündü. Tüm bu düşünceleri yaklaşık saniyenin onda biri kadar bir sürede kafasından geçirip değerlendirdikten sonra,

"Hayatım, önce sakin ol, her şeyi anlatacağım" dedi dürüstlüğü seçerek.

"Bana hayatım deme Cemal! Bana bunu nasıl yaparsın. Allah belanı versin senin! Nasıl yaparsın ha nasıl yaparsın!" diye bağırırken içinde yarım yanmış mum olan kırmızı kavanozu eline geçirdiği gibi fırlattı. Cemal'in omzuna isabet eden kavanoz duvara çarptıktan sonra yere düştü fakat kırılmadı.

"Merve, beni bir dinle, her şeyi anlatacağım. İnan ki ben bir şey yapmadım. Yemin ediyorum yapmadım!"

"Bak bu fotoğraflar öyle demiyor, hala utanmadan yalan söylüyorsun!"

"Kim yolladı onları sana?" dedi Cemal sinirle.

"Kimse kim, konumuz bu mu? Sen nasıl yaparsın bana bunu aşağılık adam! Neyi mi beğenmedin ha neyimi? Seni pislik!" diye bağırırken ağzından tükürükler saçıyordu Merve. Artık laf dinlemez ve kontrol edilemez hale gelmişti. Cemal ilk defa Merve'yi bu kadar öfkeli görüyordu. Orada durup laf anlatmanın imkânsız olduğunu anladı. Bu tezgâhı kimin yaptığını bulmalıydı.

"Merve, sana yemin ediyorum bir şey yapmadım. Seni aldatmadım, sana bunu kanıtlamak için gidiyorum."

"Siktir git, cehennemin dibine kadar yolun var, bir daha da bu eve gelme!" diyerek kapıdan çıkan Cemal'in arkasından yere oturup hıçkıra hıçkıra ağlamaya başladı.

Cemal kapıyı sert bir şekilde çarpıp evden çıktı. Bahçe kapısını açmadan üstünden atlayarak koşar adım arabasına gitti. Direksiyonu defalarca yumruklarken,

"Allah kahretsin, Allah kahretsin!" diye bağırıyor, sinirden kulaklarına ateş basıyordu. Seri bir şekilde sokaktan çıkıp, ana yola doğru ilerledi. Sürati dar bir caddeye göre epeyce fazlaydı. Önünde yanan kırmızı ışığı dikkate almayarak sol şeritte duran arabanın yanından dikkatsizce ve hızla geçti. Diğer sürücüler arkasından uzunca kornalarına bastılar. Cemal onları hiç duymuyor sadece bir an önce otele ulaşmak istiyordu.

Çatalca'yı Mimarsinan'a bağlayan yola girdiğinde hız limitlerinin çok üzerindeydi. Arabayı virajlarda sağa sola savuruyor, lastiklerin acı sesi duyulduğunda tekrar toparlıyordu. Sinirden ağlamaya başladı. Gözünden dökülen yaşları silerek,

"Yemin ederim ben bir şey yapmadım, sana ihanet etmedim" diyerek kendi kendine söyleniyordu. Aklına kadını aramak geldi. Belki bu tezgâhın içinde o da vardı diye düşünerek cebinden telefonu çıkarttı. Bir eliyle direksiyonu, diğer eliyle telefonu kullanmaya çalışıyor, arama kayıtlarından Alev'in numarasını arıyordu. Bu arada gözünde biriken yaşlar, telefon ekranını görmesini engelliyordu. Direksiyondan elini çekerek gözündeki yaşları sildiği anda derin bir çukura giren sol ön tekerlek arabanın dengesini bozdu. Araba önce sola sonra sağa savruldu. Cemal'in elindeki telefon fırlayarak sağ cama çarptı. Panik yapan Cemal, arabanın savrulduğu aksi yöne direksiyonu sertçe kırarak iki tekerleğin havalandığını fark ettiğinde artık çok geçti. Araba yolun solundaki refüje vurarak havada iki takla attıktan sonra karşı yönden gelen dorsesi yükle dolu tıra çarptı. Tırın frenleri yükün ağırlığına dayanamayarak patladı ve Cemal'in arabasını altına alıp yüz elli metre kadar sürükledikten sonra anca durabildi.

Cemal'in arabası paramparça olmuş, cam ve kaporta parçaları yola saçılmıştı. Tırın sol tekerleği çarpmanın etkisiyle Cemal'in üzerinden geçmişti. Kazayı gören diğer sürücüler yolda durarak enkazın yanına doğru koştular. 112'yi arayarak çok acele ambulans istediler. Bazıları ise polisi aradı. Tırın altında kalan araçtan yükselen dumanların içinde Cemal son nefesini, "Ben bir şey yapmadım" diyerek verdi. Ambulans ve polis geldiğinde çoktan ruhunu teslim etmişti.

Merve'nin gözlerindeki yaşlar ağlamaktan tükenmişti. Hıçkırmaktan ciğeri ağrımaya ve midesi bulanmaya başlamıştı. Cemal'in ihanetini içinde sindiremiyor, öfkesini herkese ve her şeye kusmak istiyordu. Bir ara üzerindeki bluzun yakasını bile haykırarak yırtmıştı. Kabul edemediği birçok şey vardı. Cemal bunu neden yapmıştı, bunca yıl sonra neden başka bir kadına gitmişti. Aklını yitirecek gibi salonun ortasında oturmuş halıyı yolmaya çalışırken kapının zil sesini duydu.

"Ne yüzle geldin ha, ne yüzle!" diye bağırdı salondan kapıya doğru. Fakat kapı zili tekrar çalındı ve arkasından tokmak sesini duydu. Cemal hiç tokmağa vurmazdı. Merve'nin zili duymadığı zamanlarda kapının yanındaki cama vurarak kendini duyururdu. Merve oturduğu yerden kalktı, sinirli bir şekilde hızlıca kapıyı açtı. Açar açmaz bağırmaya hazırlamışken karşında duran uzun boylu genç polisi ve yeşil kıyafetinden hemşire olduğunu anladığı kadını gördüğünde o an neler olduğunu kafasında toparlayamadı. Bu insanlar neden gelmişti ve Cemal neredeydi.

Karşından duran kadının ağladığını gördüğünde konuya hemen girmek isteyen genç polis, akademiden kısa bir süre önce mezun olmuştu. Birkaç zorlu görev vermişti amiri o güne kadar fakat bugün aldığı görev, ona göre en zoruydu.

"Merhaba Hanımefendi. Sanırım haberi almışsınız" dedi polis çekinerek kısık bir sesle. Merve boş gözlerle polise ve hemşireye sırayla bakarak,

"Ne haberi? Anlamadım! Siz niçin geldiniz?" diye sordu.

"Siz Cemal Ertunçlu'nun eşi Merve Ertunçlu musunuz?"

"Evet, benim. Ne oldu ki?" dedi Merve gözlerini iyice açarak. Soruyu sorduğu anda hemşire, Merve'nin koluna girerek,

"Size bir iğne yapmam gerekli" dedi. Merve hemşirenin elinden kolunu kurtardıktan sonra kendini bir adım geriye çekti ve

"Burada neler oluyor? İğne falan istemiyorum. Siz niçin geldiniz, onu söyleyin?" dedi sesini yükselterek. Tecrübesiz polis Merve'nin direnişi karşısında hemen görevini yerine getirip bir an önce oradan ayrılmak istiyordu. Derin bir nefes aldıktan sonra Merve'nin gözlerine bakarak,

"Eşiniz Cemal Ertunçlu, kısa süre önce Tepecik yolunda trafik kazası geçirdi. Çok üzgünüz, başınız sağ olsun" dedi.

Merve duyduğu cümleyi anlamaya çalıştı. Duraksadı, gözleri donuk bakıyordu.

"Cemal" diye belli belirsiz mırıldandı, sendelediğinde hemşire girdi koluna. Polis de hamle yaptı sonrasında. Merve nefes alamıyor, boğuluyormuş gibi sesler çıkarıyordu. Eliyle boğazını tutarak hemşireye baktığı anda gözleri yerinden çıkacakmış gibi büyümeye başladı. Hemşire,

"Nefes alın, nefes alın" dedi panikleyerek. Merve kapının önünde diz çöktü. O anda sesleri duyan yan komşusu koşarak bahçeden içeri girdi. Polis,

"Hemşire hanım, bir şeyler yapın" diye tekrarlarken, hemşire ısrarla,

"Sakin olun ve nefes almaya çalışın" diye tekrarlıyordu. Merve daha fazla direnemedi, kapının önüne kustu ve derin bir nefes aldıktan sonra bayılarak polisin kollarına yığıldı.

2

Otelden çıkarken ödemeyi yaptı ve oda kartını teslim etti Alper. Üzerinden büyük bir yük kalkmış gibi hafiflemiş hissediyor, havayı derin derin teneffüs ediyordu. Önce eve gidip, onu gördüğü ilk günkü gibi özenle hazırlanmayı düşünüyordu. Saatine baktı, 08.13'ü gösteriyordu. İçi içine sığmıyor, kendine göre kazandığı bu büyük başarıyı madalya taşır gibi gururla üzerinde taşıyordu. Kurak toprağın çatlamış zemininden çıkan çiçek gibi umutları yeşerdi içinde. "Bakarsın her şey yeniden başlar, hem belki bu sefer beni sever" dedi kendi kendine.

Yola çıktığında kulaklığını takarak sabahın erken saatine aldırmadan Engin'i aradı. Nedenini söylemeden mutluluğunu en yakın arkadaşıyla paylaşmalıydı. Birkaç kez çaldıktan sonra telefonu açan Engin daha bir şey söylemeden,

"Vay kardeşim, günaydın, naber? Nasılsın?" dedi neşeli ve enerjik bir sesle. Sabahın köründe anlam veremediği Alper'in neşesine şaşıran Engin,

"Kardeşim hayırdır, rüyanda beni mi gördün de bu kadar neşelisin?" dedi gülerek.

"Keyfim yerinde, akşam size geleceğim. Masayı kur kardeşim, içecekler benden ama!"

"Tamam, gel kardeşim. Akşam alacağım ifadeni."

"Her türlü sorguya hazırım Engin komiserim" diyerek alaycı bir gülüşle telefonu kapadı Alper.

Hazırlandıktan sonra evden çıkarken midesinin açlıktan guruldadığını fark etti. Bankaya gitmeden önce kahvaltı yapması gerekliydi. Alper otelden çıktıktan sonra henüz boğazından tek lokma geçmeden üç sigarayı içmişti bile. Vücudu midenin yardımıyla uyarıda bulunarak kahvaltı yapması gerektiğini beynine iletmişti. Evin yakınlarındaki pastaneye giderek bir şeyler yedi. Bankaya yaklaştıkça heyecanı da artıyordu. Sabahki sakinlik ve rahatlık yerini ince bir karın ağrısına ve strese bırakmıştı. Bir ara "Olayın sabahı Merve'nin karşısına çıkarsam fotoğrafları benim gönderdiğimi düşünür mü?" diye aklından geçirse de daha sonra ihtimal vermeyerek bu düşünceyi kafasından sildi. Çünkü her şey bir rastlantı olarak ilerleyecekti. Yaptığı kusursuz plana göre hayat onu tekrar karşısına çıkardığında, Merve'ye bir şans daha vermiş olacaktı.

Bankanın kapısını açtı Alper. Güvenlik görevlisi bankodaki başka bir çalışanla konuşuyordu. Kapının yanındaki numaratörden bir numara aldı ve merdivenleri ağır ağır çıkmaya başladı. Avuçları terliyor, vücudunu heyecan kaplıyordu. İlk ne söyleyeceğini kafasında tasardı. Şaşırmış numarası yaparak, sanki geçmişte bir şey olmamış gibi davranmaya karar verdiğinde bir üst kata çıkmıştı bile. Doğruca Merve'nin çalıştığı masaya yöneldi. Fakat Merve yerinde yoktu. Masayı incelediğinde o gün çalışılmamış gibi düzenliydi ve bilgisayarı da kapalıydı. Tüm parçalar birleştiğinde Merve'nin o gün işe gelmediği anlaşılıyordu. Geri dönerek alt kata indi Alper. Güvenlik görevlisi kapının arkasında bulunan bankoda oturuyordu. Yanına yaklaşarak,

"Merhaba, günaydın. Merve Hanım'a bakmıştım" dedi.

"Merve Hanım yok, isterseniz sizi başka bir arkadaşa yönlendirelim" dedi güvenlik görevlisi. Merve'nin gelmeme nedenini merak eden Alper,

"Kendisiyle takip ettiğimiz bir iş vardı, bu yüzden onunla görüşsem daha iyi olacak. Bugün hiç mi gelmeyecek?" derken meraklı bir bakış sergiledi. Güvenlik görevlisi Alper'in istediği bilgiyi, "Maalesef dün gece Merve Hanım eşini kaybetti. Sanırım birkaç gün gelmeyecek" diyerek verdi. Alper'in duyduğu cümleler kafasının içinde yankılanmaya başladı. Kelimeler yerli yerine oturmuyor düzensiz bir şekilde beyninin içinde oradan oraya geziniyordu.

"Gerçekten mi? Nasıl olmuş olay biliyor musunuz?" dedi Alper kendini toparlayarak.

"Gece Çatalca'dan Büyükçekmece istikametine doğru giderken arabanın hâkimiyetini kaybetmiş. Karşıdan gelen bir tırla çarpışmış. Maalesef orada hayatını kaybetmiş."

"Peki, yalnız mıymış?"

"Sanırım yalnızmış. Başka kimseden bahsetmediler."

"Merve Hanım nerede şimdi, biliyor musunuz?"

"Nerede olduğunu bilmiyorum ama cenaze öğle namazından sonra Ferhatpaşa Cami'sinden kalkacakmış. Sanırım oraya gelir" diyen güvenlik görevlisine teşekkür ettikten sonra bankadan çıktı. Duyduklarının gerçek olduğuna inanamıyordu. Cemal'in ölümüne sebep olma ihtimalini düşünmesi bile, onu dayanılmaz bir vicdan azabı içine sokmaya yetiyordu. Kalbine büyük bir endişe ve pişmanlık yerleşti. Olup biteni tam olarak öğrenmeliydi. Neye sebep olduğunu bilmeliydi. Bundan kaçamayacağını, hiçbir şey olmamış gibi hayatına devam edemeyeceğini çok iyi biliyordu Alper. "Umarım benim yüzümden ölmemiştir. Bambaşka bir şey olmuştur" diyerek bir sigara yaktı.

Tüm bu karmaşık duygular içinde hiç farkında olmadan bankanın aksi yönüne doğru bayağı ilerlemişti. O an bir karar verdi. Merve'nin evine giderek neler olduğunu anlamaya çalışacaktı. Kendisini tanımayan insanlarla konuşarak bazı bilgiler alabilir ve böylece olayın nasıl gerçekleştiğini de öğrenebilirdi.

Sokağın başına geldiği sırada evin önünde toplanan kalabalığı gördü. Bir süre bahçedeki, kapının önündeki ve sokaktaki insanları inceledi. Kendisini tanıyan birileri olabilirdi. Özellikle Merve'nin ailesi onu görmemeliydi ki tam bunları düşünürken üzerinde tepeleme ayran olan tepsiyi taşıyan Emine, evin kapısında çıkarak sokağa yöneldi. "Ne kadar büyümüş Emine... Bütün bunlara ben mi sebep oldum... Koskoca kız olmuş... Benim yüzümden mi kaza geçirdi..." diye geçirdi içinden.

Evin bahçesine kurulmuş hoparlörlerden Kuran'ı Kerim sesleri yükseliyordu. Bahçenin içindeki birkaç kadının feryatları Alper'in durduğu yerden rahatlıkla duyulabiliyordu.

Sesler Alper'in ciğerine, kalbine hançer gibi saplanıyor, her yükselen feryat canını daha da acıtıyordu. Gözünün önündeki tablo dayanılmaz olmaya başladığında oradan ayrılması gerektiğini düşündü. Tam da o sırada bir elin sırtına dokunmasıyla titreyerek irkildi ve nefesini tutarak arkasına döndü.

"Pide ister misin arkadaşım?" dedi bu kişi. Hiçbir şey diyemeyen Alper, konuşmak istiyor fakat yapamıyordu. Kelimeler ağzından çıkmıyordu. Çenesi kaskatı kesilmişti. Alper'in bembeyaz olmuş yüzüne bakan adam,

"Tanır mıydın Cemal'i" dedi ve ekledi "Gel uzakta kalma, pide vereyim sana, ayran da var arkadaşım."

"Teşekkür ederim almayayım" dedi Alper ağzından zorla çıkan kelimelerle. Nihayetinde birisi onu yakalamıştı. Orada durup cenaze evini izlemesini bir sebebi olmalıydı. Tanımadığını söylese de orada ne işi olduğunu soracak bir insan değildi pide dağıtan adam. Fakat yine de tedbiri elden bırakmadan,

"İş yerinden tanıyorum. Yani çalıştığı mağazanın yakınındayım" dedi Alper yalan söyleyerek.

"Ben de onun en yakın arkadaşıydım. İsmim Aydın" diyerek pidenin ununa bulaşmış elini uzattı. Aydın'ın elini sıkan Alper,

"Memnun oldum" dedi, fakat adını söylemedi. Aydın,

"Yediğimiz içtiğimiz ayrı gitmezdi, bütün zorlukları beraber aştık. Hatta onun evlenmesine ben yardımcı oldum. Yanında sadece ben vardım" dedi. Bu ayrıntıyı vermemesi gereken kişi karşısında duruyordu. Sadece,

"Öyle mi? Ölümüne çok üzüldüm, başınız sağ olsun. Peki, nasıl olmuş olay? Trafik kazası diye duydum. Doğru mu?" dedi Alper.

"Dostlar sağ olsun" diyen Aydın devam etti, "Evet, trafik kazası. Akşam müşterisi ile yemekteymiş Cemal. Gece eve geldikten sonra Merve'yle tartışmışlar. Ama nedenini bilmiyorum. Yan komşusu evden gelen sesleri duymuş, Cemal'i koşarak evden çıkarken görmüş. Sonra da yolda kaza geçirmiş." Anlatırken gözleri dolan Aydın elinin üstüyle yaşları silerek, "Çok hızlı gidiyormuş. Normalde Cemal asla hızlı araba kullanmaz. Belli ki çok sinirliydi. Yazık oldu... Çok yazık oldu..." dedi ve sustu. Alper'in kelimeler kursağında kaldı. Her duyduğu detay içindeki yarayı daha fazla deşiyordu. Bu kadarına katlanabilir miydi? O da emin değildi. Bir insanın ölümüne neden olmuştu.

"Birazdan camiye geçeceğiz ama şu an eşi ve ailesi içeride. İsterseniz ziyaret edebilirsiniz" dedi Aydın evi göstererek.

"Yok, hayır rahatsız etmeyeyim şimdi. Zaten acıları büyük. Ben buradan camiye geçerim. Tekrar başınız sağ olsun" diyerek geri döndü.

Cenazenin kalkacağı camiye yürüyerek yaklaşık on beşyirmi dakikalık yol vardı. Bir sigara daha çıkardı paketinden. Ellerinin titremesinden çakmağı zor yaktı. "Allah'ım ben ne yaptım? Nelere sebep oldum?" diye söylenerek yürümeye başladığında aklında ne iş vardı, ne ailesi, ne de akşam kendini davet ettirdiği yemek. Kafasını kurcalayan bin bir türlü düşünceye daldığı sırada aklına Alev'i aramak geldi. Beraber yedikleri yemekten başlayarak neler yaşandığını sorgulayacaktı. Apar topar cebinden telefonu çıkartarak Alev'i aradı.

"Kuzum günaydın. Naber, nasılsın bakalım?" dedi Alev. Keyfi yerinde, başarmış olmanın mutluluğunu yaşıyor gibiydi. Tüm olanlardan habersiz Alper'den alacağı paranın bir kısmıyla tatil yapmayı düşünüyordu.

"Alev, dün akşam neler oldu, bana anlatır mısın?" dedi Alper endişeli bir sesle.

"Kuzum, bir sorun mu var?"

"Sen anlat lütfen. Yemekte neler konuştunuz? Sonra oda da neler oldu? Hepsini tek tek anlat hadi!"

"Tamam, kuzum" dedi ve boğazındaki gıcığı iki kez öksürerek temizledikten sonra devam etti, "Yemeğimiz güzel geçti. Ben ona bayağı rakı içirdim. Önce bir duble söyledi ama ben kabul etmedim. Bir ufak rakıyı dayadım ona. Tabi kafası da güzel oldu. Sonra odaya çıkalım dedim. Ha bu arada kapının yanındaki hareketim nasıldı ama?" dedi kahkaha atarak.

"Evet, devam et Alev" dedi Alper sabırsızlıkla.

"Tamam, kuzum acelen ne, anlatıyorum işte. Sonra odaya girdik. Kapıyı kapadıktan sonra da öpüşmeye devam ettik. 'Duşa girecek misin' diye sordum, fakat o istemedi. 'Yatağa geç ve beni bekle, senin için hazırlanıp geliyorum' dedim ve banyoya girdim. Kısa sürede çıktım banyodan, fakat o an ne olduysa senin adam vazgeçti."

"Nasıl yani vazgeçti?" derken duraksadı yolda Alper.

"Vazgeçti işte. Senin adam namuslu çıktı kuzum. 'Ben bunu eşime yapamayacağım, kusura bakma. Bu noktaya kadar geldik ama asla yapamam. Sonra vicdan azabından ölürüm ben' dedi ve 'bir daha beni arama lütfen' diyerek odadan çıktı." Alper önceki gece yaşananları ağzı açık dinliyor, sanki yanında birisi her seferinde başından aşağı kaynar sular döküyordu.

"Şimdi siz beraber olmadınız mı? Vaz mı geçti Cemal?" diyerek kaldırım kenarındaki bahçe duvarına yaslandı Alper.

"Evet, dedim ya kuzum. Özür diledi benden, çekti gitti. Ama bak parayı hak ettim ona göre. Odaya soktum onu."

"Dün gece Cemal ölmüş Alev" dedi bir anda Alper.

"Neee? Ölmüş mü? Nasıl olur bu? Alper bak umarım biz sebep olmamışızdır?" dedi Alev endişeyle. Susuyordu Alper, konuşamıyordu. İşlediği büyük suça Alev'i de ortak etmişti. "Alper, konuşsana, Allah kahretsin. Bizim yüzümüzden mi oldu? Ulan konuşsana!"

"Alev, olan oldu!" diye bağırdı Alper. Etraftaki birkaç kişi dönüp baktığı sırada yürümeye devam ederek, "Kaza geçirmiş dün gece. Fakat eve gelirken değil. Merve'yle tartışmışlar, sonra evden çıkmış, yolda arabayla kaza geçirmiş."

"Alper, Allah belanı versin. Beni de alet ettin oyununa. Ben şimdi ne yapacağım?" derken ağlayama başladı Alev.

"Alev, bir şey yapmayacaksın. Senin suçun yok, ben planladım hepsini, tamam mı?"

"Belli ki otele gidecekti adam. Kimin yaptığını araştıracaktı" derken aklına Alper'in çektiği pozlar geldi. "Fotoğraflarda ben var mıyım?" diye sordu endişeyle.

"Hayır, senin yüzünü silmiştim."

"Alper, senden para falan istemiyorum. Bir daha beni sakın

arama. Polis kesin peşimize düşer. Ben gidiyorum buradan, kaçmalıyım hemen. Bana en başında söz verdin, beni tanımıyorsun, tamam mı? Adamı ben değil, sen öldürdün!" diyerek yüzüne kapadı telefonu.

Kulağında Alev'in söylediği son söz yankılanırken cenaze arabası gözüktü caddenin başında. Yeşil kamyonet ağır ağır ilerlerken, "Ben katil miyim? Bu adamın ölümüne ben mi sebep oldum? Allah kahretsin!" diyerek başını ellerinin arasına aldı. Cenazeye ve arkasından giden arabalara bakakaldı. Midesi bulanıyor, kusmamak için kendini zor tutuyordu. Büfeden su alarak başını ve ensesini ıslattı. Kalan suyu içtiğinde biraz olsun kendine gelebilmişti.

Ferhatpaşa Camisi'nin önüne geldiğinde kalabalık çoktan toplanmıştı. Öğle namazına kısa bir süre vardı. Birkaç gün önce soluklanmak için oturduğu bank boştu. Bir kenarına bıraktı kendini. Olanlar onu çok yormuş, bitkin düşmüştü. Bu camide başladığı intikam planı, bir kişinin ölümüne sebep olup, Merve'nin hayatını da mahvetmekle son bulmuştu. Acaba bu bir son muydu? Sebep olduğu olayların vicdan azabı Merve'ye olan saplantısının önüne geçerek, içindeki intikam duygusu büyük bir pişmanlığa dönüşmüştü. Üstelik tek ilişki kurabildiği kişiyi, yani Alev'i de kaybetmişti. Geçirdiği son birkaç gün sadece hayatını değil, duygularını da alt üst etmeye yetmişti.

Alper hiç kıpırdamadan sabit bir şekilde yerdeki taşlara boş boş bakıyordu. Tam o sırada bastonun ucunu gördü önce. Sonra iri gövdesiyle yanına oturdu yaşlı adam. Alper dönüp baktı adama, tanıdık bir yüzdü. Birkaç gün önce yine aynı bankta konuşmuşlardı.

"Bu sefer kim öldü evlat" dedi yaşlı adam. O da Alper'i tanımıştı.

"Herkes öldü bu sefer amca. Ben de öldüm. Beynim öldü, ruhum öldü."

"Ama bak yaşıyorsun?"

"Sen buna yaşamak mı diyorsun amca. Bedenim burada olabilir ama ruhum çoktan cehenneme gitti" dedi Alper. Yaşlı adam bastonunun yardımıyla oturduğu yerden kalkarak,

"Allah günahlarını affetsin evlat" dedi ve arkasını dönerek gitti. Alper başını bile kaldırmadan,

"Hiç zannetmiyorum" dedi.

Öğle namazının ardından soğuk ve kasvetli avluya girerken ayakları zor gidiyordu Alper'in. İmam tabutun başında cemaatin toplanmasını bekliyor, cenaze törenine katılan kadınlar ise avlunun bir kenarına doğru ilerliyordu. Alper kalabalığın arasına girdi. O da maktulün cenazesine katılmıştı. Sanki Cemal tabutun içinden ona bakıyor, onu izliyordu. Sürekli içinden gelen ürperti, Cemal'in ruhu peşini bırakmıyormuş gibi hissetmesine neden oluyordu.

Elindeki mikrofona iki kez üfledikten sonra,

"Safları sıklaştıralım" diyen imamın talimatıyla cemaat omuz omuza vererek cenaze namazı için hazır duruma geldi. Alper'in güneş gözlüğünün arkasına saklanmış gözleri Merve'yi arıyordu. Kadınların toplandığı yere dikkatlice baktı. Merve oradaydı; ağlamaktan gözleri şişmiş, küçük burnu ise bezle silmekten kızarmıştı. Beyaz plastik sandalyede oturmuş, altın sarısı saçlarını siyah tülbentle örtmüştü. Alnından şakaklarına doğru dökülen birkaç tutam saç güzel yüzüne doğal bir çerçeve oluşturuyordu. Bu hali bile Alper'e çok güzel geliyordu. Fakat şu an Merve'nin güzelliği değil, içine düştüğü durum onu daha çok ilgilendirmekteydi. Merve ağladıkça yeşil gözlerinden dökülen her yaş Alper'in içini kezzap gibi yakıp geçiyordu. Yüzüne karşı yapamayacağından,

167

içinden binlerce kez özür dileyerek onu affetmesi için yalvarıyordu Merve'ye. Tabi ki özür dileyeceği tek kişi Merve değildi. Cemal'in arkasından yasını tutan acılı bir ailesi ve sevdikleri de vardı. Herkesin acısı Alper'in üzerine karabasan gibi çökmüştü.

İmam cenaze namazı kıldırdıktan sonra merhumun ailesine başsağlığı diledi. Alper'in önündeki adam yanındakine dönerek,

"Yazık, arkasında doğmamış çocuğunu yetim bıraktı. Çocuk babasını hiç tanımayacak" dedi.

"Babası da onu göremedi. Kaderleri böyleymiş" dedi diğer adam. İşte hayat Alper'e yıkıcı darbeyi o an vurdu. 'Yetim' sözünü duyduğunda vücuduna felç inmiş gibi hareketsiz kaldı. Yıllar önce yaşadığı panik atak tekrarlıyor gibiydi. Zor bela adamın omzuna dokunarak,

"Eşi hamile miymiş?" diye sordu Alper. Kelimeler ağzından zor çıkıyor, cevabını tahmin ettiği şeyi adama sorarak Merve'den bahsettiklerine emin olmak istiyordu. Adam Alper'e dönerek,

"Evet, eşi üç aylık hamileymiş. Kader işte" dedi iç çekerek. Alper adama bakakaldı. Başı dönmeye başlamıştı bile. Nefes alıp vermekte zorlanıyor, vicdan azabı kalbine tek tek bıçak saplıyor gibiydi.

İmamın,

"Hakkınızı helal ediyor musunuz?" sorusu yükseldi musallata taşını gölgeleyen tentenin iki yanındaki hoparlörlerden. Cemaatle birlikte Alper de bağırdı,

"Ediyoruz."

İmam iki kez daha sordu aynı soruyu ve her seferinde aynı yanıt geldi. İmamın sözleri bitince ön saflardaki kişilerin sırtlandıkları tabut, omuzların üzerinde yükseldi. Aynı anda feryat ve çığlık sesleri geldi kadınların olduğu bölümden. Merve,

"Nereye götürüyorsunuz Cemal'imi? Nereye gidiyor benim Cemal'im?" diye ağlarken dizlerinin üzerine çöktü. Alper yaşananları dehşetle izlerken daha fazlasına dayanamayacağını düşünüyordu. İnsanların omuzlarındaki tabut yanından geçip giderken son kez ona doğru bakıp,

"Özür dilerim Cemal, tüm yaptıklarım için özür dilerim" dedi sadece kendi duyabileceği bir sesle. Ağır adımlarla caminin çıkışına doğru ilerlerken Merve'nin feryatlarını hala duyabiliyordu.

3

Öylece arabada oturup başını direksiyona yaslamış, ağlıyordu Alper. Yaşadıklarının rüya olması için dualar ediyordu. Fakat tüm bunlar hakikatin tam kendisiydi. Basit bir intikam süreci korkunç bir trajediye dönüşmüştü. Alper'in normal hayatına dönebilmesi neredeyse imkânsızdı. Kendisini tanımayan insanların bile yüzüne bakamayacak hale gelmişti. Konuşup rahatlamaya ihtiyacı vardı. Ama sadece Alev'le bunu yapabilirdi, çünkü halinden şu an sadece o anlayabilirdi. Telefona sarıldı ve Alev'i aradı. Fakat telefonda hiçbir hareket olmadı. Ne arıyor ne de meşgul sesi veriyordu. Sadece ekranda, "Arama Sona Erdi" yazıyordu. Alev ona, "Bir daha beni arama" demişti fakat aramasını engelleyebileceği aklının ucuna bile gelmemişti. Alev'in evine gitmeye karar verdi.

Arabasını apartmanın önüne park ettikten sonra binadan içeri girdi. Bu sırada Alev evde eşyalarını bavullara koyuyordu. Evin içindeki mobilyalar Alev'e ait değildi. Kiraladığı evleri mobilyalı ve eşyalı kiralamak zorundaydı. Yaşantısı gereği sık sık ev değiştirmek zorunda kalabiliyordu.

Yatak odasında gardırobundan kıyafetlerini dikkatlice katladığı sırada kapı zili çaldı. Sesi duyan Alev korkudan irkilerek kaskatı kesildi.

"Kesin polis geldi. Buldular beni!" diyerek endişe ve merakla parmak uçlarında çıt sesi bile çıkarmadan kapıya doğru ilerledi. Gözetleme deliğinden bakıp kapının ardında duran kişinin Alper olduğunu gördüğünde, "Niye geldi bu Allah'ın belası" diye söylendi kendi kendine. "Ben buraya gelme dedim, beni arama dedim. Bu manyaktan kurtulmam lazım" diye içinden geçirerek yine sessizce yatak odasına doğru gitti. Bu sırada Alper kapı zilini birkaç kez daha çaldı ve tokmağa vurdu. "Ses çıkarmazsam çalar çalar gider" diye düşünen Alev kıyafetleri sessizce bavula koymaya devam etti.

Alev'in evde olmadığını düşünen Alper ne yapacağını, nereye gideceğini bilmiyordu. Evine gitmek istemiyor, yalnız kalırsa delirmekten korkuyordu. Beyninde sürekli Merve'nin çığlıkları ve caminin avlusundan çıkarken arkasından yükselen feryat sesleri çınlıyordu. Gördüğü ilk büfeden epeyce bira aldıktan sonra soluğu Bakırköy sahilinde aldı. Alkol alıp biraz olsun içine girdiği ruh halinden sıyrılmak niyetindeydi. Fakat düşündüğü gibi olmadı. İçtikçe bataklığa saplanmış gibi yavaş yavaş bunalımın içine giriyordu. Beyni uyuştukça halüsinasyonlar görüyor, nereye baksa orada Cemal gözünün önüne geliyordu. Bu ona vicdanının bir oyunuydu.

Büfeden aldığı içkiler bitince araba kullanamaz hale geldi. Sabah kendini davet ettirdiği Engin ve Sevgi çiftinin evine de gidemedi. Onların yüzüne bakacak durumu yoktu ve kimseyle tek bir kelime bile konuşmak istemiyordu. Yürüyerek Ardavan'ın meyhanesine gidip her zaman oturduğu masaya oturdu. Kör kütük sarhoş olana kadar içti. Amacı sadece uyuşmaktı. Sürekli içinden özür diliyor, kendi kendine konuşuyordu.

Engin ve Sevgi masayı hazırlamış Alper'in gelmesini bekliyorlardı. Sabahki keyifli sohbetin nedenini merak eden Engin aralarında geçen konuşmayı Sevgi'ye de anlatmıştı. Merve ile görüşmüş olabileceğini düşünen Sevgi, Alper'in sonu olmayan bir melankoli içine girmesinden korkuyordu. İçindeki huzursuzluk ve anlam veremediği endişe hali gün boyu onu rahatsız etti. Saat ilerledikçe huzursuzluğu da artan Sevgi, "Kesin kötü bir şey olacak" diye içinden geçiriyordu. Alper geç kalmıştı ve o saate kadar aramamıştı. Engin ne durumda olduğunu öğrenmek için Alper'i aradı. Telefon defalarca çaldıktan sonra kapandı. Tekrar aradı ama yine açan olmadı. Engin de endişelenmeye başlamıştı ki cep telefonuna bir mesaj geldi. Yollayan Alper'di.

Masanın üstünde duran telefon defalarca çalmasına rağmen Alper hiçbir aramaya cevap vermedi. Arayan Engin'di. 'Bursa'ya gitmem gerekti, yoldayım' mesajını yazıp Engin'e yolladı. Onunla konuşacak durumda değildi. Mesajı bile zor yazmıştı. Gözünün önündeki her şey dönüyor, oturduğu yerden kalkamıyordu. Garsonu çağırarak bir şeyler söylemeye çalıştı. İçki istiyordu; fakat konuşamıyor, ağzının içinde dili dönmüyordu. Meyhaneci Ardavan garsona bir taksi çağırmasını söyledi. İki garson kollarına girerek Alper'i oturduğu yerden kaldırıp taksiye bindirdiler. Taksiciye evini bin bir türlü zorlukla tarif eden Alper kusmamak için kendini zor tutuyordu. Taksici ise bir an önce gideceği yere Alper'i bırakıp arabasını batırmadan parasını almak istiyordu.

Yatak odasına kadar zor geldi Alper. Üstündeki kıyafetleri çıkarmadan yatağa attı kendini. Tavana baktığında sanki bir girdaba bakıyormuş gibi gözünün önündeki her şey dönüyordu. Girdabın ortasında ise Cemal'in yüzü vardı. Gözlerini dikmiş ona bakıyordu. Alper sıkıca gözünü kapayarak,

"Git buradan, beni rahat bırak" diye bağırdı.

Alkol vücudunu ele geçirmişti bile. Daha fazla dayanamayarak sızdı yatakta. Uykusunda düzensiz nefes alıp veriyordu. Çünkü

rüyasında Cemal'i görüyordu. Hiç bilmediği bambaşka bir cami-
de çok daha fazla insan toplanmıştı. Simsiyah giyinmiş insanla-
rın hiç birini tanımıyordu. Musalla taşındaki tabutu açtıklarında
içinde gördüğü kişi kendisiydi. Alper panikle kaçmaya çalışırken
insanlar üzerine yürüdüler. İçlerinden birisi, "Sen de öleceksin,
geberteceğim seni pislik herif" diyerek boğazına yapıştı. Ce-
mal'di bu kişi. Fakat mavi gözleri yerinde yoktu, sadece beyaz göz
tabakasıyla bir zombiyi andırıyordu. Boğazını o kadar sıkıyordu
ki nefesi kesilmeye başladı. Öleceğini hissettiği an yatakta sıçra-
yarak uyandı. Kan ter içinde kalmış, başı hala dönüyordu. "Allah
kahretsin o neydi öyle?" diyerek titremeye başladı. Hayatında ilk
defa bu kadar korkmuştu. Kolundan çıkartmadığı saatine baktı-
ğında yatağa yatalı henüz bir saat olduğunu anladı.

Cebinden sigara paketini çıkararak bir tane yaktı. Odanın için-
de boğulacak gibi hissediyordu kendini. Ağzında sigarayla duvar-
lara tutunarak salonun camına doğru ilerledi. Pencereyi açtı ve
dışarıdaki havayı solumaya başladı. Sigarasını bitirdiğinde aşa-
ğıda kimsenin olmadığına bakıp, yanan izmariti sokağa fırlattı.
Yere çarpan izmaritin ateşi dağılarak söndü. Ayakta durmakta
zorlanıyordu. Vücudundaki bitkinlikle banyoya giderek soğuk
suyla yıkadığı yüzünü havluyla kurularken aynada kendini gördü.
Uzunca bir süre kendine baktı. Her geçen dakika aynada gördüğü
yüzden kendisi de daha çok nefret ediyordu. Sonra yeniden ya-
tağa uzandı. Tekrar Cemal'i görmekten korkuyordu. Yavaşça gö-
zünü kapadı. Fakat Cemal yine karşısındaydı. Nereye baksa onu
görüyordu.

"Kafayı yiyorum herhalde" diyerek yataktan kalktı. Bir saat
uykuyla vücudu yorgunluktan dökülüyor, göz kapakları kapanı-
yordu fakat uykuya dalamıyordu. Cemal zihninde onu bekliyor-
du. Savunmasız olduğu zaman yine üstüne saldıracaktı. Gördüğü
halüsinasyonlar artmaya başladı. Her yerde onu görüyordu.

"Beni rahat bırak Allah'ın belası. İstemeden oldu, anlamıyor musun?" diye bağırmaya başladı. Alkol vücuduna girdikçe düşünceleri daha da karmaşık bir hale geliyordu.

Bütün bir günü beyninde dolaşan düşüncelerle geçirdi. Merve'nin feryatları, yere diz çöküp ağlaması ve hamile olduğunu öğrendiği an aklından çıkmıyordu. Uzun bir süre sokaklarda boş boş dolandı. Nereye gitse Cemal'in ruhu peşi sıra geliyordu. Cemal'in ruhu mu yoksa içindeki vicdanı mıydı onu rahat bırakmayan. Beraber hareket ediyor gibiydiler. Yine soluğu meyhanede aldı. Bu sefer evine daha yakın bir yerdeydi. Çünkü Ardavan önceki geceyi bahane ederek onu içeri almamıştı.

İzninin bitmesine birkaç gün vardı fakat arabanın nerede olduğunu bile hatırlamıyor, ailesini kaç gündür aramıyor, Engin ve Sevgi ile iletişime geçmiyordu. Alev de onu terk etmişti. Hayatında sadece içki ve sigara vardı, bir de kurtulması gereken ruh hali. Fakat neredeyse bu imkânsızdı. Son on saatte halüsinasyonları daha da artarak, hayalinde gördüğü kişilere cevap vermeye başlamıştı. Vicdan azabı onu bir sona sürüklüyor gibiydi.

Bu meyhaneden de nazikçe kovularak nerdeyse sürünerek apartmanın önüne kadar geldi. Önceki geceden daha da çok içmiş, beyni çok daha fazla uyuşmuştu. Sanki bir an önce dünyanın sonunun gelmesini istiyor gibiydi. "Hepimiz ölürsek kurtulan ben olurum" diye düşünüyordu. Bu hastalıklı beyinle daha fazla idare edemeyeceği her halinden belliydi. Etrafını iletişime kapatmış, kendisine yardım edecek kimse kalmamıştı. Ara sıra yaptığı gibi merdivenlere oturdu.

***

Engin'le kafenin gürültüsünden kaçıp yan yana oturmuş iskeleden ayaklarını denize sokuyorlardı. Hava kararmış, ay ışığı denizin üzerinde yakamoz oluşturmuştu. Kıyıya vuran her dalgada yosun kokusu havaya yayılıyordu. Açıklarda belli belirsiz yanan ışıklar gece balık avına çıkan teknelerin yerlerini işaret ediyordu. Gecenin sessizliğinde iskeleye doğru koşan Merve ve Sevgi'nin gülüşme sesleri duyuldu önce.

"Neredesiniz siz? İçeride sizi arıyoruz" diyerek ayakkabılarını çıkarıp Engin'in yanına oturdu Sevgi.

"Başımız şişti biraz kafa dinlemeye geldik" dedi Engin. Merve'nin elini tutan Alper, onu yanına oturttu. Sevgi ile Merve birbirlerine bakarak gülüşüyor, akıllarından bir yaramazlık geçiyor gibiydi.

"Hayırdır, sizde bir iş var" dedi Alper kızlara bakarak.

Sevgi, "Engin'e sadakat testi yapacağım. Şimdi Engin acaba benim için, şu an, hemen bu denize atlar mı?" dedi gülerek.

"Soru kolay yerden geldi" diyen Engin ayağa kalktıktan sonra kıyafetleriyle, hiç düşünmeden iskeleden denize balıklama atladı. Sevgi zafer kazanmış gibi sevinerek alkışladı ve elindeki çantasını iskelenin üzerine bırakarak o da denize atladı. Bu hareketi Merve ve Alper çok eğlendirmişti. Gülüşerek onları alkışladıkları sırada Alper'e doğru dönen Merve,

"Sen de benim için atlar mısın?" diye sordu.

"Atlarım tabi" diyerek ayağa kalkmaya çalışan Alper'i elinden yakalayan Merve,

"Hayır, atlamana gerek yok, sadece sordum" dedi gülerek. Merve'nin gözlerinin içine bakan Alper,

"Ben senin için her şeyi yaparım. Bırak denize atlamayı, öl de, öleyim" dedi.

"Saçmalama, ne ölmesi" dedi Merve kaşlarını kaldırarak. Merve'nin beline sarılan Alper,

"Ben senin için ölürüm" dedi...

***

Merdivenlerden öfkeyle kalkarak apartmanın duvarlarına çarpa çarpa eve kadar hızlı adımlarla çıktı. Kapıyı açtı. Eve girdiğinde sinirleri boşalarak ağlamaya başladı. Salondaki büfenin içinden hiç açılmamış votka şişesini çıkarıp kapağını açtı ve büyükçe bir yudum aldı. Aynı hareketi art arda yaparken, "Merve senden özür dilerim, ne olur beni affet" diyor, gözünden yaşlar süzülüyordu. Yıllar önce, "Senin için ölürüm demişti" ve şimdi Merve'nin canını çok acıtmıştı. Yeşil gözlerinden dökülen yaşların her damlasından kendini sorumlu tutan Alper, bu acıyı Merve'ye yaşattığı için kendine bir ceza vermeliydi.

Dolaptan şişeyi çıkarırken yere düşen zarf gözüne takıldı. Bir an duraksadı, eğilip aldı. Üzerinde "Merve'ye" yazıyordu. Doğum gününe gideceği gün ona yazdığı aşk mektubuydu. İlk defa bir kıza mektup yazmıştı. Bu mektup hayatında yazdığı ilk ve son mektuptu. Yazdığı tek mektubu sahibine vermek nasip olmamıştı.

Zarfı dikkatlice açarak içinden dörde katlanmış kâğıdı çıkartıp ilk satırları okuduğunda sarsılarak ağlamaya başladı. Mektubu tekrar zarfa koyarak cebine soktu.

Kendinden emin adımlarla yatak odasına gitti, gardırobu açtı. İçindeki geniş hasır kutudan spor yaparken kullandığı halatı çıkardı. Bir elinde votka şişesi, diğer elinde halat salona geldi. Koltuğun yanındaki küçük sehpayı salonun tavanındaki avizeye hizalayarak üstüne çıktı. Bir hamlede avizeyi yerinden söktüğünde ortalığı karanlık kapladı. Televizyonun yanındaki abajuru açtı. Alkolün etkisi yine artmaya başlamıştı. Elindeki şişeyi kenara bırakıp halatı alarak sehpanın üzerine tekrar çıktı ve avizeden boşalan kancaya halatı bağlayıp bir ilmek yaptı. Eliyle sağlamlığını iki kez kontrol ettiği sırada masanın üzerinde duran telefonun titreme sesini duydu. Ekranda arayan, "Engin" yazıyordu. İçinden, "Engin, hoşça kal dostum" diyerek telefona sırtını döndü.

"Eminim bir gün olanları öğrenirsen, benim gibi bir pislikle arkadaşlık ettiğine üzüleceksin" dedi kendi kendine. "Ben bir pisliğim, bak nelere sebep oldum. Hayatta en çok sevdiğim insanı ne hale getirdim. Özür dilerim, gerçekten özür dilerim" derken halının üzerindeki içki şişesini tekrar aldı eline. Hıçkırıkları devam ediyor, kendine olan öfkesi ise giderek artıyordu. Cebinden zarfı tekrar çıkartıp içinden mektubu aldı. Kaldığı yerden okumaya devam etti. Okuduğu her satırda bir yudum daha alıyor, gözündeki yaşları elinin tersiyle siliyordu. Mektubun sonuna gelirken şişenin de dibine yaklaşmıştı. Alper için artık hayatının da sonuna geldi denebilirdi.

Mektubu cebine koymaya çalışarak elinden bırakmadığı şişeyle sehpanın üzerine çıktı. Tavandan asılı olan ilmeğe boynunu geçirerek altından düğümü boğazına doğru sıktı.

"Ben pislik bir herifin tekiyim" diyerek içkiden ağız dolusu bir yudum daha alıp şişeyi yere fırlattı. Bir kısmını yuttuktan sonra ayağının altındaki sehpayı devirdi. İpin ucunda birkaç kez çırpındıktan bir süre sonra hareketleri yavaşlamaya başladı. Son yudum votkası ağzının kenarından sızarken son sözü, "Özür dilerim..." oldu. Alper'in cansız bedeni salonun tavanından sallanırken cebine koymaya çalıştığı mektup yere düştü...